물지개 나무
1,230미인

무지개 너머
1,230마일

2013년 9월 25일 1판 1쇄 찍음
2013년 9월 30일 1판 1쇄 펴냄

지은이   최성수
펴낸이   손택수
편집   이호석, 하선정, 임아진
디자인   김현주
관리 · 영업   김태일, 이용희

펴낸곳   (주)실천문학
등록   10-1221호(1995.10.26.)
주소   우121-839, 서울시 마포구 서교동 478-3 동궁빌딩 501호
전화   322-2161~5
팩스   322-2166
홈페이지   www.silcheon.com

ⓒ최성수, 2013

ISBN 978-89-392-0705-9 03810

이 도서의 국립중앙도서관 출판시도서목록(CIP)은 e-CIP홈페이지(http://www.nl.go.kr/ecip)와
국가자료공동목록시스템(http://www.nl.go.kr/ kolisnet)에서 이용하실 수 있습니다.
(CIP제어번호:CIP2013019178)

담쟁이 문고

무지개 너머 1,230마일

최성수 지음

실천문학사

차례

어둠 속의 인기척

'양이인가? 저 녀석은 통 잠이 없는 모양이야.'

잠결에 바스락거리는 소리가 들렸다. 연주는 자리에 누운 채 창문을 향해 귀를 세웠다. 잠시 조용해진 듯하더니, 창문틀 긁는 소리가 다시 귀에 거슬렸다.

"양아, 제발!"

연주는 이불을 뒤집어쓰며 짜증 섞인 소리를 질렀다.

녀석은 이상하게도 연주만 보면 졸졸 따라다녔다. 학교 가는 길, 괜히 뒤통수가 근질거려 홱 돌아보면, 골목에 주차되어 있는 승용차 아래나 유리병을 깨 날카롭게 박아놓은 무시무시한 담장 위에서 녀석은 연주를 졸졸 따라오곤 했다. 검은 털에 파란 눈빛이 결코 정이 가지 않는 녀석이었다.

희정이는 그런 고양이들을 길냥이라고 부른다고 했다. 음식물 쓰레기봉투를 뒤적이거나 남의 부엌을 노리는 길냥이들이 점점 늘어나 머지않아 도시를 점령할 거라며, 희정이는 진지한 표정으로 말했다.

"언젠가는 길냥이의 세상이 오고 말거야."

언젠가 그들의 세상이 올지 몰라도 지금은 절대 아니었으면 좋겠다, 연주는 이불 속에서 그렇게 중얼거렸다.

다시 창문을 몇 번 긁더니, 이번에는 톡톡 유리창 치는 소리가 들렸다. 유리창 두드리는 소리는 마치 무선 신호처럼 규칙적이었다.

'톡톡 톡톡톡 톡톡 톡톡톡.'

그제야 연주는 퍼뜩 정신이 들었다.

'저건 고양이가 아니야. 사람이 틀림없어.'

불을 켤까, 아니면 그냥 가만히 있는 게 나을까? 아니, 옆방에 가서 엄마 아빠를 깨울까? 잠시 연주는 어둠 속에서 고민에 빠졌다.

"게르마, 게르마."

그런 연주의 망설임에 쐐기를 박듯, 유리창 너머에서 낮은 목소리가 울려왔다. 무엇에 쫓기는 것 같은 두려움이 가득 배어 있었다.

"아, 아빠?"

퍼뜩 정신이 든 연주는 얼른 일어나 창문으로 다가갔다. 자신을 게르마라고 부를 남자는 이 세상에서 아빠밖에 없었다. 연주는 그래도 혹시 하는 생각에 조심조심 창문을 조금만 열었다. 반지하 방이라 창문이 골목길과 같은 높이였다. 문을 열면 지나가는 사람들의 구두나 발목이 보이곤 했는데, 연주가 문을 열자 갑자기 사람 눈동자가 휙 다가왔다.

깜짝 놀라 흠칫 물러선 연주를 향해 눈동자가 껌뻑거렸다.

"혹시 누구 찾아온 사람 없니?"

아빠였다. 어젯밤, 아직 아빠가 돌아오시는 것을 보지 못하고 잠들었다는 게 그제야 연주의 머릿속을 스치고 지나갔다. 아빠의 눈동자는 잔뜩 겁에 질려 있었다.

"아빠, 왜 문으로 들어오지 않고…….”

연주가 말꼬리를 흐렸다. 열쇠를 가지고 다니는 아빠였기에 이상하다는 생각이 들었다.

"누구 안 왔지?"

아빠는 연주의 말에 대답도 없이 찾아온 사람만 자꾸 물었다.

"아무도 안 왔어요. 얼른 들어오세요.”

연주가 창문을 조금 더 열며 아빠에게 대답을 하는 사이, 방문 열리는 소리가 삐걱 하고 울렸다.

"누구 왔니?"

옆방에서 자고 있던 엄마가 그제야 인기척을 느끼고 연주의 방문을 열며 물었다.

"어머나!"

방으로 들어서던 엄마가 창문 쪽을 보고 깜짝 놀라 소리를 질렀다. 골목길을 비추는 불빛이 흐릿한 탓에 연주가 어느 낯선 남자와 이야기를 하고 있는 것으로 착각을 했기 때문이었다.

"아빠예요."

"깜짝 놀랐네."

연주의 말에 엄마가 가슴을 쓸어내렸다.

"아무도 찾아온 사람 없지?"

아빠는 또 엄마에게 같은 질문을 했다.

"누구요?"

엄마의 의아한 표정을 보자 아빠는 비로소 안심이 되는지 창가에서 물러났고, 잠시 후 열쇠로 현관문 여는 덜그럭 소리가 들리기 시작했다.

"누구 찾아올 사람이 있어요?"

거실 불을 켜고 들어서는 아빠를 맞던 엄마는 화들짝 놀라 부들부들 떨었다. 연주도 놀라 눈이 화등잔만 해졌다. 그도 그럴 것이 아빠의 얼굴은 누구와 싸운 것처럼 퉁퉁 부어 있었다.

왼쪽 광대뼈 주변으로 시퍼렇게 멍이 들었고, 머리카락도 마구 흐트러져 있었다.

"사장님한테 맞았어요?"

엄마는 대뜸 사장님을 들이댔다. 맞았다 하면 먼저 사장님이 떠오르기 때문일 것이다. 엄마가 전에 일하던 고물상 사장님은 걸핏하면 일꾼들을 때리곤 했단다. 파지 무게를 잘못 달았다고, 고철과 비철을 제대로 구분하지 못했다고, 엄마는 가끔씩 사장님한테 맞아 얼굴에 멍이 든 채 돌아왔다.

"무서워, 한국 사람들 너무 무서워."

그런 날이면 엄마는 무섭다는 말만 자꾸 되뇌곤 했다.

"사장님이 아니고……."

아빠는 말을 잇다가 목이 타는지 몇 번 혀를 다셨다. 연주가 얼른 일어나 냉수 한 컵을 떠다 주자, 아빠는 마치 꿀물이나 되는 것처럼 숨 한 번 쉬지 않고 들이켰다.

"휴우."

컵을 내려놓으며 비로소 아빠는 막혔던 숨이 터진 것 같은 한숨을 내쉬었다.

"정말 찾아온 사람 없지?"

아빠는 집안 구석구석을 훑어보며 다시 물었다. 집이라고 해야 방 둘, 거실 겸 부엌 하나뿐이니 한눈으로 다 파악될 정도지만, 아빠는 여전히 불안한 눈빛으로 구석구석을 살펴보았다.

"아빠, 무슨 일이 있었어요?"

연주가 아빠의 불안을 달래주듯, 등 뒤로 다가가 아빠의 어깨에 손을 올리며 물었다. 하루의 노동으로 피곤을 이기지 못한 채 돌아오곤 했던 아빠는 연주의 안마가 보약이라고 했다.

"우리 게르마의 손만 닿으면 피곤이 다 풀리는 것 같아."

안마를 받으며 아빠는 늘 그렇게 말하곤 했다. 그럴 때의 아빠의 표정은 더없이 행복해 보였다.

"당신은 내 손보다 게르마 손이 더 좋지요?"

가끔 엄마는 그렇게 질투 섞인 농담을 건넸다. 그러면 아빠는 또 피식 웃으며 말했다.

"당연하지. 당신이야 늙어 빠진 손이지만 우리 게르마는 손이 얼마나 부드럽고 고운데. 그 손에 안마 받아봤어? 안 받아봤으면 말을 하지 말아."

아빠는 어느 개그맨 흉내를 내며 엄마를 더 놀리곤 했었다.

"아, 아얏!"

그런데 오늘 아빠는 연주가 어깨에 손을 대자마자 비명을 질렀다. 연주가 놀라 아빠의 티셔츠를 걷어보자, 세상에, 아빠의 어깨에는 온통 긁힌 자국이 가득했다. 자세히 살펴보니, 팔에도 군데군데 피딱지나 굳은 상처들이 나 있었다.

"도대체 무슨 일이 있었어요?"

엄마가 약을 가져다 바르며 다시 아빠에게 물었다. 아빠는 숨을 고르느라 긴 한숨을 한 번 내쉬더니 천천히 입을 열었다.

"점심을 먹고 쉬고 있을 때 갑자기 단속반이 들이닥쳤어. 마침 공장 밖에 있던 누군가가 소리를 질렀고 모두 달아나느라 정신이 없었지."

아빠는 지금도 그 순간이 떠오르는 듯 머리를 설레설레 저었다.

"어떻게 도망쳤는지 모르겠어. 단속반이 공장 3층으로 올라오는 사이 우리들은 곤돌라를 타고 도망쳤거든. 압둘라가 곤돌라 하강 스위치를 당기는 순간 단속반 사람들이 문을 박차고 공장 안으로 들이닥쳤던 것만 기억나. 지금 생각해도 참 아슬아슬했어."

아빠는 몸을 부르르 떨었다.

"그래서요?"

아빠의 이야기만 들어도 숨이 막힐 것 같아 연주가 침을 꿀꺽 삼켰다.

"곤돌라가 땅에 닿자마자 모두 산을 향해 달아났어. 나는 다른 사람이 달아나지 않는 산 아래 밭 쪽으로 뛰었고. 뒤에서 샤프나가 비명을 지르는 소리가 들렸는데, 괜찮은지 몰라."

샤프나는 네팔에서 온 스물다섯 살 아가씨였다. 아빠는 가끔 '일도 잘하고 참한 아가씨'라고 샤프나 칭찬을 하곤 했다.

"잡혔으면 추방될 게 뻔한데, 어떻게 하지? 네팔에는 심장병을 앓는 동생이 있다며, 돈 벌어 동생 병을 고쳐주는 게 꿈이라고 했는데."

아빠는 혼잣말처럼 중얼거렸다.

샤프나의 까무잡잡한 얼굴이 연주의 눈앞에 아른거렸다. 공장 가족 야유회에서 샤프나는 '렛썸삐리리'라는 네팔 노래를 경쾌하게 불렀다. 그 노래는 경쾌하긴 했지만 왠지 쓸쓸하게 들려 한동안 잊히지 않았었다. 연주에게 다가와서는 샤프나라는 이름이 네팔 말로는 꿈을 뜻한다고 가르쳐주고 환하게 웃기도 했었다.

'이제 샤프나는 동생을 고쳐주고 싶다는 꿈을 빼앗기고 말 거야. 이름처럼 산다는 것은 정말 어려운 일일까?'

샤프나를 떠올리다 연주는 꿈을 빼앗기는 일이 꼭 자기에게도 일어날 것만 같아 눈물을 찔끔 흘렸다.

"그럼 얼른 집에 오지 왜 어두워질 때까지 있었어요? 집이 공장 코앞인데."

연주가 아빠의 팔에 난 상처에 연고를 바르며 물었다.

외국인 노동자 대부분은 공장에 붙어 있는 작은 방에서 살았다. 하지만 가족이 딸려 있는 연주 아빠는 공장 근처 반지하 방에 세를 얻었다. 가족이 있으니 공장에 살 수는 없었고, 공장 가까운 곳이 비교적 세도 싸서 세 식구가 살기에 적당했기 때문이었다.

"집에 단속반이 들이닥쳤을까 봐 무서웠어. 내 뒤를 미행할까 봐 걱정도 되고. 일부러 멀리멀리 다른 동네를 돌아다니다 어두워져서 몰래 와본 거야."

아빠는 이제 괜찮다는 듯 싱긋 웃으며 연주와 엄마를 번갈아 바라보았다. 그런 아빠의 눈동자에는 헤아릴 수 없는 슬픔이 가득했다.

하늘과 나뭇잎에게

6시, 머리맡에서 휴대폰 알람이 요란하게 울리기 시작했다. 처음 작은 음으로 시작했던 휴대폰 알람은 점점 소리를 높여 갔다.

이래도 안 일어날 거야? 그렇게 놀리는 것 같았다.

"으으이이이."

침대에서 일어나며 희정이는 휴대폰 알람을 끄는 것보다 먼저 한껏 기지개를 켰다. 온몸이 녹작지근했다. 뼈마디에서 우두둑 소리가 났다.

'이거 내가 할머니가 다 됐나? 나이 열여덟에 웬 뼈마디 우두둑거리는 소리람.'

그런 생각을 하며 다시 한 번 기지개를 켰다. 휴대폰 알람은 어서 꺼달라며 여전히 소리를 지르고 있었다.

"알았어, 알았다고. 금방 재워줄게."

희정이는 허리를 굽혀 휴대폰을 열었다 닫았다. 그제야 휴대폰은 제 일을 다 했다는 듯 소리를 죽였다.

방 안이 낯설었다. 마치 처음 남의 방에 들어선 느낌이었다. 방구석에 마구 흩어져 있는 옷가지들과 침대 하나 없는 방 안 풍경이 삭막하기까지 했다. 희정이는 머리를 홰홰 내둘러 정신을 차렸다. 그제야 이 낯선 방에 대한 의문이 풀렸다.

"어제 이사를 했었지."

희정이는 곁에 누가 있는 것처럼 중얼거리며 다시 방 안을 둘러보았다. 낯선 벽지와 손바닥만 한 창문, 좁은 방 안이 한 눈에 다 들어왔다.

"아휴."

갑자기 한숨이 나왔다. 하루 사이에 달라진 환경 때문이었다. 변화는 아빠로부터 비롯되었다. 아니, 엄마에게서 시작된 것인지도 몰랐다. 어쩌면 희정이 자신을 포함한 가족 모두에게서 변화가 동시에 시작된 것일 수도 있었다.

아빠가 다니던 직장을 잃어버린 것과 엄마가 사라진 일이 한 달 사이에 일어났다. 그리고 열흘도 안 돼 이사를 해야 했다. 너무 갑작스러운 변화에 적응이 되지 않을 정도였다. 세상이 갑자기 뒤집어진 것 같기도 했고, 세상은 그대로인데 자신만 거꾸로 가고 있는 것 같기도 했다. 희정이는 다시 고개를 홰홰 저었다. 마치 고개를 저어서 거꾸로 가는 자신의 삶을 되돌려보려는 것처럼.

휴대폰을 들어 시간을 보던 희정이는 깜짝 놀랐다. 6시 10분이었다. 버스 정류장까지 뛰어서 5분, 학교까지 1시간 20분, 교문에서 교실까지 5분, 그럼 1시간 반이면 되는데, 7시 50분까지 등교니까 10분의 여유 시간이 있었다. 그런데 버스가 제시간에 온다는 보장이 없으니 10분의 여유가 여유라고 할 수도 없었다.

희정이는 머릿속으로 시간 계산을 하며, 가방을 챙겨 들고 거실로 나서다 코를 틀어쥐었다. 거실 가득 퀴퀴한 술 냄새가 가득했다. 창문을 열어놓지 않는 탓인지, 퀴퀴한 냄새가 빠져나갈 곳을 모르고 거실 구석구석을 배회하고 있는 것 같았다.

"아휴, 아빠!"

코를 드르렁드르렁 골며 거실 구석 쪽에 붙어 아빠가 잠들어 있었다. 냄새의 진원지는 아빠의 입이었다. 직장을 그만둔 뒤부터 아빠는 이틀이 멀다 하고 술이었다. 엄마가 사라진 날 이후부터는 거의 매일 술 냄새를 풍겼다. 이사를 한 어제도 밤중에 나가 언제 집에 돌아왔는지 모를 정도였다.

희정이는 한동안 아빠의 잠든 모습을 바라보았다. 아빠는 구겨진 휴지 조각처럼 몸을 쪼그리고 벽에 붙어 잠들어 있었다. 그런 아빠의 몸이 유난히 작아 보였다.

"휴우."

희정이는 나직하게 한숨을 내쉬었다. 아빠를 보면 답답해 화가 치밀다가도 슬그머니 불쌍하다는 생각이 들었다. 삶에 지치고 찌든 아빠의 모습은 무기력했지만, 아빠의 의도와 상관없이 그런 상황에 내몰린 일이라는 생각을 하면 불쌍했다. 아빠를 깨워 아침밥이라도 차려드릴까 잠시 망설이던 희정이는 그냥 가방을 챙겨 들고 집을 나섰다. 지금 아빠에게는 밥보다도 휴식이 더 필요해 보였다.

대체 엄마는 어디로 가버린 것일까? 집이 이사를 허버렸는데, 이제는 찾아오지도 못하는 것 아닐까? 좁은 골목길을 달려 내려오며 희정이는 그런 생각을 했다. 희정이네가 전에 살던 동네는 서울 변두리의 시장통이었다. 엄마는 시장통에서 조그만 생선 가게를 했다. 가게라고 해야 한 평도 채 안 되는 좁은 공간이었고, 엄마가 파는 생선은 고등어나 꽁치, 오징어 따위가 전부였다. 엄마 몸에서는 늘 생선 비린내가 가시지 않았다. 비정규직인 아빠의 쥐꼬리만 한 월급으로는 생활이 애초에 불가능했다. 엄마의 작은 생선 가게가 그나마 희정이네 살림의 쏠쏠한 부수입이었다.

그런데 문제는 엄마가 생선 가게로 만족하지 못한 데 있었다. 엄마는 더 나은 수입을 위해 계를 만들었다. 어쩌면 엄마

수완에 가당치 않은 일이었을 것이다. 정해진 순서대로 미리 곗돈을 탄 아주머니가 부어야 할 돈을 넣지 않고 사라졌고, 엄마는 계가 깨지는 것이 두려워 여기저기 돈을 빌려 구멍을 메우기 시작했다. 꾼 돈은 눈덩이처럼 불어났고, 곗돈을 타고 달아난 아주머니가 몇몇으로 늘었고, 마침내 엄마는 더 견딜 수 없는 지경에 이르자 남은 곗돈을 들고 사라져버렸다.

변두리에 전셋집이었지만 서울 집을 포기하고 근교의 위성도시로 도망치듯 이사를 한 것도 엄마의 곗돈 때문이었다. 하지만 이사를 한다고 다 끝난 것일까? 희정이는 자꾸 불안감이 엄습해오는 것 같아 뒤통수가 근질거렸다. 몇 번이나 주변을 두리번거리며 버스 정류장에 막 도착했는데, 타야 할 버스가 저 앞에서 천천히 출발했다.

'저 차를 놓치면 지각일 텐데.'

희정이는 출발하는 버스를 향해 마구 달렸다. 그러나 버스는 희정이의 안타까움은 내 알 바 아니라는 듯 부릉거리며 가버렸다. 출발하는 버스의 엉덩이 쪽을 손바닥으로 탁탁 치기까지 했지만, 잠시 멈칫거리던 버스는 그냥 매정하게 사라져버렸다. 버스 안에 탄 사람들이 그런 희정이를 안됐다는 표정으로, 그러나 무관심하게 바라보았다.

'어? 연주 아냐?'

출발하는 버스 차창으로 얼핏 보이는 얼굴이 연주 같았다. 통통한 볼에 가늘고 길게 찢어진 눈, 그래서 처음 보면 연주의 표정은 조금 무서웠다. 볼은 옅은 화장을 한 것처럼 볼그족족했다.

"우리 몽골 사람들은 대개 볼이 발갛거든."

화장했느냐고 묻자 연주가 볼을 감싸 쥐며 변명하듯 대답한 적이 있었다. 멀어지는 차창에서 연주는 무슨 생각에 잠겨 있는지, 멍한 표정이었다.

'저 버스를 탔으면 좋았을걸.'

희정이는 아쉬운 마음에 다시 한 번 멀어지는 버스를 바라보았다.

지각을 했다는 이유로 교문에서 학생부장에게 걸려 한동안 잔소리를 듣고 난 뒤 교실에 도착하니 이미 담임 선생님이 들어와 아이들 자율학습을 지도하고 있었다. 희정이가 뒷문을 조심스레 열고 들어서자, 갑자기 담임 선생님이 소리를 빽 질렀다.

"정희정! 너, 어딜 들어와? 복도에 나가 서 있어."

갸름한 얼굴에 어울리지 않게 신경질이 속속 배어 있는 담임 선생님의 얼굴이 갑자기 풍선처럼 부풀어오르는 것 같아 희정이는 배시시 웃고 말았다.

"얼씨구, 지각한 것도 모자라 웃기까지 해? 아침 자습 시간 끝날 때까지 복도에 나가 서 있어!"

담임 선생님이 더 큰 소리를 빽 질렀다. 희정이는 목을 움츠려 교복 깃 속에 파묻고 얼른 문을 열고 복도로 나갔다.

희정이에게 오늘은 참 재수 없는 날이었다. 겨우 2분 늦어 교문 지도에 적발되었고, 그것 때문에 또 교실에서도 쫓겨나, 아침부터 되는 일이라곤 하나도 없으니 하루가 끔찍한 날이 될 것 같았다. 희정이는 복도 쪽 창문 너머 새순이 움트고 있는 나무들을 바라보았다. 이웃한 아파트 정원과 학교 담 사이에 자라고 있는 나무들은 은행나무였다. 막 새순이 돋기 시작한 은행나무의 잎이 연초록으로 앙증맞았다. 하늘도 파랗다. 너무 연하고 파란 것은 슬픔의 색깔일까? 창 너머를 바라보는데 괜히 눈물이 주르르 흘렀다.

하늘과 나뭇잎에게 눈물을 보이기 싫어 희정이는 얼른 고개를 교실 쪽으로 돌렸다.

탈출

아침에 불길한 일을 겪은 것과 달리, 나머지 시간들은 무사히 지나갔다. 늘 그렇듯이 50분의 수업과 10분의 휴식이 이어졌고, 1시간의 점심시간이 흘러갔다. 점심 메뉴조차 다른 날과 별반 다르지 않은 기름 냄새 진동하는 닭고기 튀김에 잡곡밥, 밥과 어울리지 않는 반찬인 떡볶이였다.

"연주야, 학교 끝나고 뭐 할 거니?"

점심을 먹고 공주로를 걸어 교실로 올라오는데 희종이가 물었다.

공주로는 아이들이 식당에서 2학년 교실로 올라가는 길을 가리키는 말이었다. 서너 명이 지나다니면 족할 정도로 좁은 길이지만, 비스듬히 굽어 올라간 모양이 바라보기만 해도 마음을 편안하게 해주었다. 길 양쪽으로 은행나무와 느티나무들이 늘어서 있었는데, 군데군데 긴 의자가 놓여 있어 주로 여학생들이 쉬는 시간이면 그 길에 모여 수다를 떨곤 했다. 여름이면 나무 그늘이 시원했고, 가을이면 노랗게 물든 은행잎과 붉게 타는 느티나무 잎들이 떨어져 쌓여, 낙엽 밟는 소리를 들으러 여학생들이 일부러 모여들기도 하는 길이었다.

많은 여학생들이 모여 각자의 아름다움을 뽐내는 것을 보려고, 남학생들은 교실 창문에 매달려 구경을 하곤 했다. 그런 남학생들의 눈초리를 의식해서 일부러 그 길에 자주 나타나는 여학생들도 있었다. 그래서 공주병 있는 여학생들이 모이는 길이라고, 어느 해부턴가 공주로라는 이름이 붙었다.

공주로에도 연초록 새잎이 돋아나고 있었다.

'지금쯤 흡스골에도 새순이 돋고 있을까? 아름드리 시베리아 낙엽송이 저 은행잎보다도 여리고 순한 잎을 푸른 허공에 톡톡 찔러대고 있을까?'

시베리아 낙엽송 잎은 아픈 사람 몸에 찌르는 침 같았다. 한여름이면 그 나무는 제 잎을 파란 허공에 마구 찔러대곤 했는데, 그러면 마치 하늘이 아파, 아파, 하는 것 같은 바람 소리를 내곤 했다. 하지만 봄날 새순은 얼마나 여리고 고운지, 새순 침으로는 아무리 찔러대도 간지럽거나 가려운 곳을 긁어주는 정도의 부드러움만 전해질 것 같았다.

"너 무슨 생각 하느라 대답도 없어?"

희정이가 연주의 옆구리를 툭 치며 물었다.

"응? 아니, 뭐?"

연주는 그제야 생각에서 깨어나 희정이를 바라보았다. 한국에 와서 마음을 터놓고 사귄 유일한 친구가 바로 희정이였다. 희정이와 만난 것은 순전히 우연이었다. 그러나 연주는 그 우연이 아득한 전생에서 맺어진 필연같이 느껴졌다.

"학교 끝나고 뭐 할 거냐고?"

"오늘? 별일 없는데……."

야간 자율학습을 하는 것도 아니고, 특기적성이라는 그럴듯한 얼굴로 위장한 보충 수업을 하는 것도 아니니, 연주에게 학교가 끝난 후의 시간은 그야말로 자유였다. 오히려 방과 후에도 바쁜 것은 희정이였다. 어쨌든 대학을 목표로 두고 있는 인문계 고등학교 학생이니까.

"그럼 나하고 어디 좀 같이 가줄래?"

"어디?"

연주가 희정이의 얼굴을 쳐다보며 물었다. 연주보다 키가 머리통 반 정도는 더 큰 희정이였지만, 얼굴은 오히려 절반 정도 작아 보이는 얼굴이다.

한국 여자애들은 왜 저렇게 얼굴이 작은지 몰라, 먹는 것이 특별한 것 같지도 않은데. 그런 생각을 하며 연주는 자신의 볼을 두 손으로 감싸고 문질렀다. 그렇게 하면 얼굴이 작아지는 느낌이 드는 것 같기도 했다.

"응, 그런 데가 있어. 이따 종례 끝나고 내가 너희 반 앞으로 갈게."

희정이의 말에 연주는 고개를 끄덕였다. 입술이 작고 도톰한 게, 자신과는 정반대로 생겼다. 자신은 볼이 통통하고 볼그족족한데, 희정이는 갸름하고 희다. 몽골과 한국은 형제 나라고 같은 인종이라던데, 자세히 보면 참 다르다.

"내 얼굴에 뭐 묻었니?"

자신을 빤히 쳐다보는 연주의 눈길을 의식하고 희정이가 물었다.

"아니, 그게 아니고 그냥……."

연주가 말끝을 흐렸다.

"그냥 뭐?"

"네가 예뻐서……."

연주가 희정이를 빤히 쳐다보며 대답했다.

"하긴, 내가 좀 예쁘긴 하지? 흐흐흐."

희정이가 허리춤에 손을 얹고 혀를 쏙 빼물어 익살스러운 표정을 지었다.

'저런 능청과 자신감이 희정이를 더 예쁘게 만드는 건지도 몰라. 나는 죽었다 깨나도 그런 말은 못 할 거야. 그게 몽골 사

람과 한국 사람의 차이일까? 아니면 여기가 남의 나라라 내가 주눅이 들어 그런 걸까?'

연주는 희정이와 헤어져 자기 반 교실로 가는 내내 그런 생각을 했다.

종례가 끝나자 아이들이 이리저리 흩어졌다. 방과 후 학습을 하는 아이들은 이동 수업 교실로, 야간 자율학습만 하는 아이들은 야자실로 자리를 옮겼다. 수업이 끝났는데도 집으로 가는 아이들이 오히려 적은 편이었다.

희정이는 아이들이 다 흩어진 교실에 잠시 앉아 있었다.

"희정아, 너 안 가?"

청소 당번인 주미가 비질을 하다 희정이를 보고 물었다. 희정이가 자리에 앉아 있으니 청소에 방해가 되는 모양이었다.

"응, 이제 갈 거야."

"제발 빨리 좀 사라져즈라. 청소에 방해되니까."

주미가 일부러 먼지를 풀풀 내며 희정이 주변을 쓸었다. 그 바람에 희정이 쪽으로 먼지가 마구 날렸다.

'쟤는 왜 나만 보면 못 잡아먹어 으르렁거리는지 몰라. 핑계만 있으면 시비를 건단 말이야.'

희정이는 일부러 천천히 가방을 챙겨 들고 자리에서 일어났다. 느긋하게 앉아 있을 때는 그렇지 않더니, 막상 일어서자 갑자기 마음이 바빠졌다. 연주가 기다리고 있을 거라는 생각이 들었기 때문이었다.

연주네 담임 선생님은 종례가 짧았다. 때로 희정이네 반보다 긴 적도 있지만, 대체로 몇 마디 말만 하고 아이들을 보내곤 했다. 반면 희정이네 담임 선생님의 종례는 늘 길었다. 교실이 지저분하다고, 성적이 좋지 않다고, 생활 태도가 불량하다고, 종례 시간이면 늘 똑같은 잔소리가 이어졌다.

"종례가 수업보다 지루하다니까."

아이들은 그렇게 담임 선생님에 대해 푸념하기도 했다.

가방을 챙겨 들고 일어나던 희정이의 발에 의자가 걸려 넘어졌다. 그러나 희정이는 급한 마음에 아랑곳하지 않고 교실을 빠져나왔다.

"희정이 너, 의자 세워놓고 가!"

뒤에서 주미의 쨍쨍한 목소리가 울렸지만, 마음이 급해진 희정이는 뒤도 돌아보지 않고 교실을 나와버렸다.

연주는 이미 공주로에 나와서 희정이를 기다리고 있었다.

"오늘도 종례가 길었니?"

통통한 볼에 발그레한 낯빛을 한 채 연주가 배시시 웃었다. 연주는 언제 봐도 겨울 같은 아이였다. 한겨울 추위에 발그레

해진 듯한 볼을 늘 달고 살았다. 통통하고 넓적한 얼굴이 푸근해 보이는 인상이었다.

"가자."

희정이가 연주의 손을 잡았다. 그때 누군가 다급하게 공주로를 향해 뛰어 올라오며 소리를 질렀다.

"희정이 언니! 희정이 언니!"

희정이와 같은 애니메이션 동아리 후배인 민지였다. 요즘들어 갑자기 바뀐 환경 탓에 동아리 활동을 소홀히 했는데, 그것 때문인가? 희정이는 저 발이 저려 민지를 바라보며 괜히 웃음 지었다.

"언니, 교문 앞에서 어떤 아줌마가 언니를 찾고 있어요."

민지가 숨을 헐떡이며 말했다.

"아줌마? 혹시 엄만가?"

희정이가 고가를 갸웃거렸다.

"언니네 엄마 같지는 않던데. 정희정 학생이 몇 학년 몇 반이냐고 2학년 언니들한테 묻는 걸 보면……. 그리고 세 명이던데요."

민지가 혼잣말 반 대답 반으로 설명을 했다.

희정이의 얼굴에 퍼뜩 불길한 예감이 스치고 지나갔다. 이사를 하기 전에. 집으로 시장 아주머니들이 거의 날마다 들이닥치곤 했던 기억이 떠올라서였다. 엄마가 사라지고, 곗돈을 받을 수 없게 된 계원 아주머니들은 수시로 희정이네 집에 쳐들어와 진을 쳤다.

남편에게도 알리지 않고 도망갔다는 게 말이 되느냐, 딸도 엄마 연락처를 모른다면 누가 믿겠느냐, 식구들 다 버리고 도망칠 만큼 매정한 사람은 아니지 않느냐, 몰래 연락이 되는 거 다 알고 있다, 그 돈이 어떤 돈인데 떼먹으려고 하느냐, 제발 얼굴이라도 좀 보자.

아줌마들의 악다구니에 하루도 조용할 날이 없었다. 그러다 갑자기 밤도망을 치듯 이사를 해버렸다. 그래서 희정이네 식구들을 찾을 길이 없어지자 유일한 단서가 되는 학교로 찾아온 것은 아닐까?

희정이의 얼굴이 하얗게 질리기 시작했다.

"왜 그래?"

"언니, 어디 아파요?"

연주와 민지가 거의 동시에 물었지만, 희정이는 대답 없이 입을 꼭 다문 채 못 박힌 것처럼 제자리에서 꼼짝도 하지 않았다.

"무슨 일인데요, 언니?"

민지가 희정이의 팔을 다정하게 잡으며 물었다. 희정이는 잠시 민지의 눈을 바라보았다. 맑고 순수한 눈이었다. 유난히 크고 동그란 민지의 눈이 좋아서, 희정이는 학기 초 동아리 신입생 환영회 때부터 민지가 마음에 들었다. 그런 희정이의 마음을 눈치챘는지, 민지도 희정이를 붙임성 있게 잘 따랐다.

"실은 말이야……."

희정이는 연주와 민지에게 자신의 이야기를 털어놓기 시작했다.

"……아마 교문에 와 있다는 아주머니들이 그 빚쟁이들일 거야."

희정이는 이야기 끝에 눈썹을 찌푸렸다.

"어떡하지? 나가면 붙잡힐 텐데."

연주가 발을 동동 굴렀다. 한동안 발끝으로 계단 귀퉁이를 툭툭 차던 민지가 고개를 들었다.

"그래, 그러면 되겠어."

혼잣말처럼 중얼대며 민지가 희정이의 손을 다짜고짜 잡아 끌었다. 민지가 희정이를 끌며 앞장서고, 그 뒤를 연주가 졸졸 따라가는 모습이 조금은 우스꽝스러워 보였다. 민지는 희정이를 끌고 학교 뒤 쓰레기장 근처로 갔다. 각 반 주번들이 내다 버린 쓰레기들이 가득 쌓여 퀴퀴한 악취가 풍겼다.

쓰레기장의 앞부분을 제외한 좌우와 뒷부분에는 벽돌담이 쌓여 있었다. 쓰레기들이 밖으로 넘치는 것을 막기 위한 것이었는데, 그 벽돌담 위에 올라서면 학교 담을 타 넘을 수 있었다. 담 너머는 학교와 이웃한 아파트 정원이었다.

가끔 남학생들이 이곳을 통해 학교를 탈출하곤 했다. 벽돌담 위에 손을 짚고 몸을 숫구치게 하면, 웬만한 팔 힘이 있는 남학생은 쉽게 학교 밖으로 나갈 수 있었다.

"어떻게 하려고?"

쓰레기장 앞까지 이끌려 온 희정이가 민지를 물끄러미 바라보았다. 민지는 배시시 웃으며 희정이와 쓰레기장을 번갈아 보았다.

"저 위로 올라가면 밖으로 나갈 수 있어요."

"뭐? 저길 올라가라고?"

"어떻게 올라가?"

희정이와 연주가 동시에 고개를 가로저었다. 여학생 힘으로, 더구나 치마를 입은 상태로 담을 넘어가기가 결코 쉬워 보이지 않았다.

"할 수 있어요. 나랑 연주 언니랑 밑에서 받쳐줄 테니까 언니는 팔에 힘만 조금 주면 돼요."

민지가 자신만만한 표정을 지었다.

그러나 아무리 봐도 자신이 없는 희정이가 망설이자, 민지가 등을 떼밀었다.

"언니, 충분히 된다니까요."

민지의 재촉에 희정이가 마지못한 듯 벽돌담 앞으로 다가섰다. 밑에 다가가자 담이 더 높아 보였다. 민지가 연주에게 눈짓을 했다. 희정이가 담 위에 손을 얹자, 연주와 민지가 희정이의 다리를 잡아 들어 올렸다.

"언니, 팔에 힘을 주고 몸을 끌어 올려요."

"힘을 줘봐."

연주와 민지가 안간힘을 쓰며 희정이에게 재촉을 했지만, 희정이의 몸은 조금 들썩이다가 그만 아래로 푹 가라앉고 말았다.

"조금 쉬었다가 다시 해보자."

연주가 안타까운 표정으로 희정이를 바라보았다.

"안 될 것 같아. 내가 워낙 팔 힘이 없거든. 난 연약한 여자라고."

그 와중에도 희정이는 배시시 웃으며 농담했다. 그런 희정이의 모습은 귀엽기까지 했다. 연주와 민지도 희정이를 따라 피식 웃었다.

"자, 다시 한 번 해보자."

희정이도 이곳밖에는 탈출할 방법이 없다는 듯, 손바닥에 퉤퉤 침을 뱉은 뒤 쓰레기장 벽돌담을 짚었다. 연주와 민지가 희정이의 발을 잡아 들어 올리려고 힘을 줄 때였다.

"너희 뭐야?"

억지로 짜낸 것 같은 굵은 목소리가 갑자기 뒤에서 들려왔다. 깜짝 놀란 연주와 희정이가 팔을 풀고 돌아서자, 희정이의 몸이 아래로 툭 떨어졌다. 한 남학생이 고무 쓰레기통을 들고 오다가 세 사람을 보고 빙글빙글 웃고 있었다. 선우였다. 일부러 선생님 목소리를 흉내 낸 것이 자기 딴에는 아주 재미있다는 표정이었다.

"야, 너!"

희정이가 소리를 질렀다. 그제야 떨어질 때 땅바닥에 부딪친 엉덩이가 아프게 느껴졌다.

선우는 작년 학생회장 선거에 1학년 부회장으로 출마했다가 떨어진 친구였다. 선우의 별명은 '삐딱이'였다. 선거 유세에서 자신을 학교 체제에 길들여지지 않은 삐딱한 존재라고, 자신과 같은 삐딱한 친구 하나쯤은 있어야 입시 지옥에 빠진 학교가 살 만하지 않겠느냐고 열변을 토했었다. 비록 선거에서 떨어지긴 했지만 그 이후부터 선우는 학교의 명물로 통했다.

희정이는 그 학생회장 선거 때 선우의 선거 운동을 지원해 준 적이 있었다. 애니메이션 동아리 1학년 기장이었던 희정이의 힘이 필요했기 때문에 선우가 특별히 부탁한 것이었다.

"아니, 학교 끝났는데 멀쩡한 교문 놔두고 왜 담을 넘어?"

선우가 영문을 모르겠다는 듯, 고개를 갸우뚱거렸다.

"그럴 일이 있답니다. 너무 많이 알려고 하면 다쳐요."

희정이가 선우의 궁금증에 빗장을 질렀다. 선우는 더 묻지 않은 채 고무 쓰레기통을 벽돌담 아래에 뒤집어 세웠다.

"자, 꼭 넘어가시겠다면 이리 오르시지요."

넘어가는 것 정도는 아무것도 아니라는 듯, 선우가 농담으로 희정이의 말을 받았다. 그제야 세 여학생의 얼굴에 안도의 표정이 어렸다. 저렇게 간단한 방법이 있다니, 하는 감탄과 마침 선우가 나타나서 다행이라는 생각이 겹쳐 일어난 것이었다.

선우가 손을 내밀었다. 희정이는 그 손을 잡고 쓰레기통 위에 올라섰다. 쓰레기통 위에서 벽돌담 위로 올라가는 것은 그리 어렵지 않았다. 벽돌담 위에서 위태롭게 몇 번 비틀거리던 희정이가 얼른 학교 담벼락을 짚었다. 벽돌담과 학교 담은 높이 차이가 그리 나지 않았기 때문에 희정이는 손쉽게 학교 담 밖으로 몸을 넘길 수 있었다. 그러나 학교 바깥쪽은 뛰어내리기에는 좀 높아, 희정이는 담에 대롱대롱 매달려 어쩔 줄을 몰라 했다.

"발을 잘 움직여봐. 담벼락이 좀 파인 곳이 있을 거야. 거길 딛고 뛰어내리면 돼."

선우가 담 너머로 삐죽 나온 희정이 얼굴을 바라보며 소리를 질렀다. 그 말에 희정이가 발을 이리저리 움직여보니, 정말 선우 말대로 발을 디딜 단한 곳이 있었다.

"너 아주 담 넘는 상습범이구나. 여기 발 딛는 곳 있는 것도 알고."

희정이가 메롱 혀를 니밀어 선우를 놀리고는 뛰어내릴 자세를 취했다.

"오늘 약속은 취소다, 연주야. 민지야, 고마워. 모두 내일 보자. 안녕!"

"나한테는 고맙단 말도 없어?"

선우가 소리를 질렀다. 그러나 이미 담 밖으로 사라진 희정이는 아무 말도 없었다.

아주머니들이 교문을 나오는 연주와 민지를 잡고 물었다.

"너 몇 학년이니? 2학년 정희정 학생 못 봤니?"

"희정이 아직 안 갔지?"

연주와 민지는 그 말에 고개를 가로저어 모르겠다는 표정을 짓고는 얼른 교문에서 멀리 벗어났다. 한참을 걷다 돌아보니, 아주머니들은 여전히 다른 아이들을 붙잡고 말을 붙이고 있었다.

당나귀 기쁜 당나귀

3교시는 한문 시간이었다. 앞머리가 훤하게 벗겨지고, 옆머리만 길게 자란데다, 도수 높은 안경을 쓰고 있어 아이들은 한문 선생님에게 아톰 아빠라는 별명을 붙여주었다. 만화영화 〈우주소년 아톰〉에 나오는 강 박사와 닮았다고 해서 붙인 별명이었다. 오십 줄의 나이와 어울리지 않게 신세대 농담도 잘하고, 재미있는 이야기를 자주 들려주기 때문에 인기가 높은 선생님이었다. 때로 썰렁한 농담을 해서 아이들의 핀잔을 받아도 한문 선생님은 그냥 빙그레 웃으며 한마디 할 뿐이었다.

"이 녀석들아, 내가 너희 아빠보다 나이가 많다. 그런데 이런 농담이면 최신식인 거야. 예의상으로라도 좀 웃어주렴."

그러면 아이들은 정말 예의상이 아니라 그런 표정을 짓는 선생님 모습이 우스워 까르르 웃곤 했다.

"한문은 싫은데 한문 선생님은 참 좋아."

아이들은 그런 말을 자주 입에 올리곤 했다.

"선생님, 질문 있어요."

막 한문 선생님이 책을 펴는데, 불쑥 주미가 손을 들었다.

"학교에서 쓰레기를 제일 사랑하는 사람이 누구게요?"

난데없는 쓰레기 타령에 모두 의아해하는데, 선생님이 빙그레 웃었다.

"인마, 그걸 질문이라고 하는 거냐? 그야 당연히 교감 선생님이지. 조금 전에도 공주로에서 쓰레기 줍는 걸 봤거든."

선생님의 말에 아이들이 모두 와그르르 웃음을 터트렸다. 매일 청소 타령에, 매점에서 뭐 사 먹고 나면 제발 쓰레기 좀 아무 데나 버리지 말라고 잔소리가 끊이지 않는 교감 선생님을 빗대 주미가 질문을 한 것이다.

'역시 한문 선생님의 센스는 알아줘야 한다니까. 그런데 주미 쟤는 뭐야, 쓸데없이 저런 질문이나 해대고.'

그런 생각을 하며 희정이는 대각선 오른쪽에 앉아 있는 주미를 힐끔 바라보았다. 꼭 상투를 튼 것처럼 뒷머리를 정수리 쪽으로 몰아 묶은 것이 오늘도 여전했다. 주미와는 사이가 별로 좋지 않았다. 좋지 않다기보다는 사실 매우 나쁜 편이었다. 중학교 동창이니 친하게 지낼 만도 한데, 이상하게 사사건건 서로 어긋나는 경우가 많았다. 활달한 성격에 장난꾸러기 같은 행동을 자주 해서 친구들 사이에 인기도 좋은 주미였지만, 어떤 때 보면 그런 행동에 진실함이 없는 것 같아 보이기도 했다.

'집이 상당히 잘산다더니……. 입고 다니는 옷이나 갖고 다니는 물건들도 다 유명 상표인 걸 보면 나하고는 정말 다른 세상에 사는 친구 같아. 모든 일에 자신만만한 것도 그런 환경 때문이겠지?'

희정이는 다시 힐끗 주미를 바라보았다.

"앞뒤 이름 같은 애!"

희정이가 깜짝 놀라 눈을 크게 떴다. 한문 선생님이 희정이를 물끄러미 바라보고 계셨다.

"뭔 생각을 하느라 이렇게 정신을 놓고 있다냐?"

희정이의 얼굴이 발갛게 달아올랐다. 한문 선생님은 꼭 희정이를 '앞뒤 이름 같은 애'라고 불렀다. 이름이 '정희정'이니 똑바로 해도 정희정, 거꾸로 해도 정희정이라 틀린 말은 아니었다.

"가만, 내가 희정이 생각 속까지 파고들어 궁금해할 필요는 없겠지? 그런데 희정아, 너 성이 당나귀 정씨니?"

갑작스러운 당나귀 타령에 희정이를 비롯한 반 아이들이 모두 어리둥절한 표정을 지었다. 그러자 선생님이 한자 하나를 칠판에 크게 썼다.

'鄭'

"성이 이 글자냐고?"

희정이는 대답을 못 하고 고개만 끄덕였다.

"이 글자가 당나귀 정이라는 글자지."

"당나귀 정이 아니라 나라 이름 정인데요."

희정이가 고개를 가로저었다. 선생님은 빙그레 웃더니 희정이를 더 똑바로 바라보셨다.

"그래, 원래는 나라 이름 정인데, 글자 윗부분이 당나귀 귀처럼 생겼다고 해서 당나귀 정이라고 부르기도 하지. 그런데 희정아, 희는 무슨 희냐?"

"기쁠 희요."

희정이의 대답에 선생님이 빙그레 웃으며 칠판에 한자를 적었다.

'鄭喜鄭'

"그럼 네 이름은 '당나귀 기쁜 당나귀'네."

선생님의 설명에 아이들이 모두 웃음을 터트리는 바람에 교실은 도떼기시장처럼 왁자지껄해졌다.

웃음이 가라앉고 나자 희정이가 이의를 제기했다.

"제일 끝 글자는 그 글자가 아니고요, 곧을 정 자예요."

"그래? 그렇지만 나는 앞으로 너를 '당나귀 기쁜 당나귀'라고 부르겠다."

선생님은 괜히 의젓하게 무게를 잡고 선언하듯 말했다. 그러자 그 별명이 희정이에게 무언가 그럴듯한 뜻이 담겨 있는 것으로 느껴졌다.

'기쁜 당나귀라? 기쁨을 느끼는 당나귀? 그런데 한 번도 당나귀를 본 적이 없으니 구체적으로 떠오르지는 않네. 슬픈 당나귀보다는 기쁜 당나귀가 더 좋겠지, 뭐.'

"당나귀는 말과 비슷한 동물이지만, 고집이 세지. 체질이 아주 튼튼해서 아무리 나쁜 조건에 놓여도 그 어려움을 잘 이겨내는 동물이란다. 환경이 좋지 않아도 자신의 능력을 훌륭하게 발휘할 줄 아는 기쁜 당나귀. 희정아, 괜찮지?"

선생님의 말에 희정이는 고개를 끄덕였다. 어려움을 이겨내는 고집 센 성격이 꼭 ㅈ-기를 표현해주는 것 같아 만족스럽기까지 했다.

"너 방과 후 학습 안 해? 야자는?"

연주가 힐끗 은행나무 잎을 바라보다가 물었다. 방과 후 학습? 보충 수업? 특기적성? 정규 수업이 끝나고 이어지는 수업의 이름이 참 많다. 그런데 이름만 여러 가지일 뿐, 실은 모두 비정상적인 수업인 것만은 분명하다. 희정이는 그런 생각을 하며 한숨을 푹 내쉬었다.

은행나무 잎이 제법 퍼지기 시작했다. 등·하굣길 교문 양옆으로 나란히 서 있는 은행나무는 언제 보아도 아름다웠다. 작년 겨울에는 소복하게 눈을 얹고 있어 흑백의 아름다움을 뽐내더니, 이제는 눈부신 초록 새순을 다닥다닥 매달고 있었다.

"이제 안 하기로 했어. 실은 돈이 없거든."

희정이가 두 손을 벌리며 어깨를 으쓱했다. 집이 어려워져서 대학도 갈지 말지 모르겠다는 말이 목구멍까지 나오는 것을 간신히 참았다.

"그래서 이제 너하고 더 많이 놀 수 있다는 거지."

희정이는 장난스럽게 눈을 찡긋하며 연주를 바라보았다.

"넌 참 속도 편하다. 하고 싶은 공부를 못 하게 됐는데도 놀 생각이니?"

"솔직히, 하고 싶은 공부는 아니지. 억지로 하는 공부일 뿐."

'나는 대학에 갈 처지가 못 되는 외국인이니까 정규 수업만 들으면 되지만 희정이는 아닐 텐데……'

연주는 그런 상황에서도 느긋할 수 있는 희정이의 성격이 부러웠다. 그러고는 희정이의 얼굴을 빤히 쳐다보았다. 눈동자가 참 맑다. 작고 동그란 눈 속에 슬픔이 잠시 어리는 것 같았다.

"당나귀! 너 특적 땡땡이치고 어디 가?"

매점 쪽으로 달려가던 주미가 퉁명스러운 목소리로 들었다.

"남이야 어딜 가든."

희정이의 대답도 퉁명스럽다. 연주는 뚱한 소리를 주고받는 희정이와 주미를 보며 애들은 왜 이리 앙숙일까 하고 잠시 생각했다. 굳이 대답을 들을 생각이 없었는지, 가던 발길을 멈추지 않고 매점을 향해 가던 주미가 갑자기 뒤를 돌아보더니 턱짓으로 연주를 가리켰다.

"야, 당나귀, 쟤 몽골 애라며? 같이 노는 애들이라고 꼭……."

뒷말은 안으로 삼켰는지 잘 들리지 않았지만, 비아냥거리는 건 분명했다. 희정이가 뭐라고 대꾸도 하기 전에 주미는 그 말만 남기고 뒤도 돌아보지 않은 채 제 갈 길로 가버렸다.

"저 쭈꾸미 같은 게."

사라지는 주미의 뒤에 대고 희정이가 중얼거렸다.

"당나귀는 뭐고 쭈꾸미는 뭐니?"

연주가 의아한 표정을 지었다.

희정이는 한둔 시간에 있었던 일을 이야기하고, 주미의 별명이 쭈꾸미라고 덧붙였다.

"주미를 세게 발음하면 쭈미잖아. 그래서 쭈꾸미라고 불러."

희정이의 설명에 연주가 고개를 끄덕이더니 물었다.

"네가 나하고 어울린다고 놀리는 거지? 미안하다."

연주의 얼굴에 잠시 어두운 그림자가 스쳐 지나갔다.

"네가 왜 미안해? 사람이 사람하고 어울리는 거지, 국적 따져가며 어울리라는 법이 어디 있어?"

희정이는 '아까 주미 앞에서나 해줄 말인데, 내가 왜 연주에게 이런 말을 하는 거지?'라는 생각을 하면서도 말에 힘을 주었다. 너는 누가 뭐래도 내 친구야, 하는 느낌이 드는 말투였다.

그런 희정이의 마음을 눈치챘는지, 연주가 배시시 웃었다. 그러자 통통한 볼이 더 발그레해졌다.

그해 겨울

"어서 오세요!'

"주문 도와드리겠습니다!"

매장 문이 열리는 것을 보고 희정이와 연주가 동시에 소리 쳤다. 오늘로 보름이 다 돼간다. 패스트푸드점에서 아르바이트를 하느라 둘은 한 몸처럼 붙어 다녔다. 희정이가 연주에게 같이 갈 데가 있다고 말한 곳이 바로 패스트푸드점이었다.

엄마가 사라지고, 아빠의 수입이 일정치 않게 되자 당장 용돈이 변변치 않게 되었다. 아무리 절약을 한다고 해도, 소소하게 들어가는 돈이 한두 푼이 아니었다. 그래서 생각해낸 것이 아르바이트였고 가장 일반적인 아르바이트가 패스트푸드점 판매원이었다. 몇 군데를 알아보고 학교와 비교적 가까운 곳에 들어갔다.

희정이는 자신이 방과 후면 날마다 사라지는 것을 궁금해하는 연주에게 사실을 털어놓았다. 그리고 어느 날 매장을 찾아와 희정이의 일이 끝나기를 기다리던 연주를 본 점장이 마침 일손이 부족하다며 권유하는 바람에 연주까지 같이 아르바이트를 하게 되었다.

그러지 않아도 붙어 다니기를 잘했던 두 사람은 아르바이트를 계기로 더 가까운 단짝이 되었다. 또 희정이가 연주가 사는 동네로 이사를 하는 바람에 등·하교는 물론 아르바이트에 귀가까지 함께할 수 있었다.

햄버거를 포장하고, 감자튀김을 담는 바쁜 손길 가운데서도 희정이와 연주는 이런저런 개인적인 일까지 터놓고 나눌 정도로 가까워졌다.

아르바이트가 끝나고 집으로 가려면 1시간 넘게 버스를 타야 했다. 10시가 넘은 시간에 시외버스를 타면 자리는 거의 텅텅 비어 있었다. 어쩌다 술 취한 사람이 버스 안 가득 냄새를 피워 올리기도 했지만, 대개는 늦게 귀가하는 사람들 서넛이 자리를 채우고 있을 뿐이었다. 그들의 몸에서는 가을 냄새가 났다. 여름의 짙푸른 빛깔을 다 지워버리고 가을 햇살에 제 몸을 바싹 말려, 곧 바삭바삭 스러져버릴 것만 같은 가을 잎의 냄새였다. 하루하루 삶이 그들을 그렇게 시들게 한 것일까?

희정이는 그런 사람들을 보면 괜히 눈시울이 시큰해졌다. 나도 저 사람들처럼 시든 잎이 되어버린 것은 아닐까 하고. 희정이의 쓸쓸한 얼굴을 물끄러미 바라보던 연주가 입을 열었다.

"처음에 한국에 온 건 엄마였어. 엄마가 집에 있던 돈을 탈탈 털어 수속을 하고, 여권을 만들고, 비행기 표를 사서 한국으로 일을 하러 오게 됐지. 몽골에서는 도저히 더 살 수 없었거든."

연주의 목소리는 늦은 시간의 버스 분위기처럼 낮게 가라앉아 있었다. 그래서 희정이는 연주를 향해 조금 몸을 기울였다.

"그해 겨울은 유난히 추위가 심했어. 내가 여섯 살쯤이었을 거야. 겨울이 아무리 추워도 양이나 염소들은 서로 몸을 비비며 추위를 이겨내곤 했지만, 그 겨울은 가축들도 견딜 수 없을 정도였어. 꽁꽁 언 홉스골의 얼음을 깨기조차 힘들 정도였으니까."

버스가 속력을 높이자 엔진 소리에 연주의 목소리가 묻혔다. 그래서 연주는 희정이 귀 가까이에 대고 소곤소곤 말을 이었다. 연주의 말소리는 아주 먼 다른 세상에서의 속삭임처럼 희정이에게 날아 앉았다.

"할아버지는 이런 추위는 평생 처음이라고 혀를 찼지. 하늘의 노여움 때문이라며 양을 잡아 어워에 바치는 사람도 있었어. 참, 어워 모르지? 돌을 쌓아놓고 소원을 비는 곳이야. 한국에서는 서낭당이라고 한다며? 어워에는 나무나 쇠막대기를 꽂고 푸른 천을 감아두거든. 그 천을 하닥이라고 하지. 푸른 하닥은 칭기즈칸의 넋이라고 하기도 해. 신이 거기 깃들어 있다고도 하고. 어워는 우리 몽골 사람들의 정신이라고 할 수 있어. 그 어워를 시계 방향으로 세 바퀴 돌며 기도를 하면 소원이 이루어져."

희정이는 연주의 말을 들으며, 푸른 초원에서 바람에 휘날리는 깃발을 떠올렸다. 바람은 쉴 새 없이 불고, 바람에 제 몸을 찢길 듯 색색의 깃발들이 돌무더기 위에서 흔들리는 풍경이 눈앞에 선명하게 그려졌다.

"이 추위가 어서 끝나게 해달라고, 겨울이 빨리 지나가게 해달라고, 어워마다 소원을 빌었지만 날마다 매서운 바람과 눈보라가 쉬지 않고 몰아쳤어. 3월이 돼도, 4월이 돼도 초원은 모든 것이 죽은 것처럼 흰 눈과 바람만 가득했지. 아무리 게르를 겹겹이 싸매도 바람은 어느 구멍으로 들어오는지, 도저히 견딜 수 없을 정도였어. 잘사는 집들이야 나무나 벽돌로 쌓은 겨울 집으로 가서 추위를 견뎌내겠지만, 우리 집은 겨울 집이 없었거든. 그냥 게르에서 겨울을 나야 했지. 게르는 쉽게 옮길 수 있는 천막집이야. 우리 몽골 사람들은 대부분 게르에서 살

아. 가축을 기르기 때문이지. 말이나 양이 풀을 다 뜯어 먹으면 다른 곳으로 옮겨 가야 하거든."

희정이의 눈앞에는 하얀 천막집이 떠올랐다가 사라졌다. 그 천막집은 눈에 파묻혀 있었다. 눈 속에서 눈 더미가 되어버린 연주네 천막집이 오들오들 떨고 있었다.

"우리 집은 원래 양도 많지 않았고, 말도 몇 마리 없었어. 어쩌면 그래서 우리 집 가축들이 더 추워했는지 몰라. 어느 날 아침에 일어나보니 양이 몇 마리씩 죽어 있기 시작했어. 추위를 견디다 못해 생명을 잃은 거지. 그렇게 얼마 없는 양이 거의 다 죽자 겨울이 물러가고 5월이 되었어. 비로소 초원에 풀이 돋기 시작했고 추위도 조금 누그러지기 시작했지. 사정이 나아졌지만, 우리 집 양들은 벌써 병들고 굶어 절반 이상이 죽어버린 후였어. 여든 마리가 넘던 양이 겨울을 나고 보니 겨우 열여섯 마리 남았어. 열여섯 마리로는 우리 식구들이 도저히 살아갈 수 없었지."

잠시 말을 멈춘 연주가 마른침을 삼켰다. 그날의 기억이 떠오르는 듯, 낮게 한숨도 쉬었다. 희정이는 그런 연주를 바라보며 아무 말도 할 수 없었다. 연주가 겪은 아픔을 위로해줄 어떤 말도 생각나지 않아서였다.

한참 창밖을 멍하니 바라보던 연주가 다시 입을 열었다.

"먼저 초원을 떠난 것은 엄마였고, 몇 달 후 아빠도 초원을 떠났어. 두 분 다 한국으로 돈을 벌러 떠나셨지. 이제 초원에는 오빠와 할아버지, 할머니가 몇 마리 남지 않은 양을 기르고 계셔. 내가 엄마 아빠를 찾아 한국에 온 건 두 분이 떠난 지 2년 후인 여덟 살 때였어. 어렸을 때 초원을 떠났지만, 나는 지금도 초원을 눈앞에 훤히 그려볼 수 있어. 바람이 푸른 풀 위를 살살 지나가는 소리며, 온갖 꽃들이 지천으로 피어 한낮의 햇살에 반짝이는 모습이며, 초원 군데군데 드리운 구름 그림자의 그늘, 가을이 되면 눈부신 황금빛으로 제 몸을 바꿔가던 풀들의 아름다운 변신이 눈에 선하거든."

연주의 말은 희정이의 귓전에서 시냇물처럼, 시의 한 구절처럼 흘러넘쳤다. 희정이는 연주의 눈을 물끄러미 바라보았다. 어둠 속에서도 연주의 눈에는 초원의 풍경이 어리는 것 같았다. 속삭이듯 이야기를 하는 연주를 보며 희정이는, 어쩌면 몽골 초원에서 자란 아이들은 천성적으로 시인의 기질을 지니고 태어나는지도 모르겠다는 생각을 했다.

"자, 2주 동안 고생 많았다. 오늘 페이 받는 날이지?"

일이 끝나자, 점장이 흰 봉투 두 개를 꺼내 희정이와 연주에게 하나씩 나누어 주었다. 얼마나 기다렸던 날인가? 희정이와 연주의 얼굴이 발갛게 상기됐다. 머릿속으로는 돈을 받으면 어디다 쓸까 하는 행복한 고민이 잠시 스쳤다.

"희정이는 총 40시간, 연주는 35시간이다. 사장님께서 직접 줘야 하는데, 바빠서 나보고 전해주라고 하셨다."

봉투를 받아 든 둘의 얼굴에 함박웃음이 배어났다.

"우리 오늘 맛있는 것 먹고 갈까? 내가 쏠게."

희정이의 말에 연주가 손을 내저었다.

"아니, 내가 살게."

"내가 너보다 더 많이 받았잖아. 그러니까 내가 사야지."

희정이는 봉투를 살짝 열어 소복하게 쌓인 푸른 지폐를 감격스러운 표정으로 바라보았다.

"안녕히 계세요."

"수고하셨습니다."

둘의 경쾌한 인사가 손님이 다 사라진 텅 빈 가게 안에 울려퍼졌다. 문 앞에 선 둘은 얼른 봉투를 열어 돈을 세어보았다. 희정이는 거금이라도 되는 것처럼 엄지와 검지에 침을 퉤 뱉어 한 장 한 장 돈을 헤아렸다. 빳빳한 만 원짜리가 넘어가는 파라락파라락 소리가 듣기 좋았다.

"열, 열하나, 열둘. 으와, 12만 원."

희정이가 돈을 든 손을 가슴에 포개며 행복한 소리를 질렀다. 하지만 돈을 세던 연주의 표정은 갑자기 어두워졌다. 그리고 고개를 갸웃거리며 몇 번이고 다시 세어보더니 중얼거렸다.

"이상해, 돈이 모자라는 것 같아."

"그래? 그럴 리가?"

희정이가 돈을 건네받아 침을 묻혀가며 소리를 내 돈을 셌다.

"여섯, 일곱, 여덟."

만 원짜리는 모두 여덟 장에서 끝났다. 나머지는 천 원짜리
였다.

"8만 원하고 천 원짜리가 일곱 장, 그럼 8만 7,000원이네.
봉투 속에 더 있는 거 아니야?"

연주가 봉투를 열고 안을 들여다보다가 탁탁 털었다. 그러
자 500원짜리 하나가 툭 땅바닥으로 떨어졌다.

"뭐야, 8만 7,500원? 가만 너 35시간이라고 했지?"

연주가 고개를 끄덕였다.

"그럼 시간당 3,000원 곱하기 35 하면……."

머릿속으로 잠시 계산을 하던 희정이가 마치 큰 발견이라도
한 것처럼 소리를 질렀다.

"10만 500원!"

"그럼 얼마가 모자라는 거야?"

연주가 복잡한 표정을 지었다.

"10만 500원 빼기 8만 7,500원. 음……."

이번에도 희정이가 머릿속으로 계산을 하더니 말을 이었다.

"1만 3,000원이 모자라네. 사장님이 잘못 계산했나 보다. 들어가서 말하자."

희정이는 돈을 봉투에 담아 든 채 뒤도 돌아보지 않고 뚜벅 뚜벅 가게 안으로 다시 들어갔다. 연주는 잠시 그런 희정이의 뒷모습을 물끄러미 바라보다가 뒤를 따랐다.

"점장님, 드릴 말씀이 있는데요?"

막 가게의 불을 끄려고 하던 점장은 왜 집에 가지 않고 돌아 왔느냐며 의아한 표정을 지었다.

"계산이 잘못된 것 같아서요."

"무슨 계산?"

"연주 페이가요. 1만 3,000원이 모자라요."

희정이가 연주의 봉투를 점장에게 건넸다.

"얼만데?"

"10만 500원이어야 하는데, 8만 7,500원뿐이에요."

점장이 그제야 이해가 간다는 듯 빙그레 웃었다.

"사장님이 얘기 안 했나? 연주는 시간당 2,500원이라던데."

희정이와 연주의 표정이 순간 얼어붙은 것같이 굳어졌다.

"왜요? 누구는 3,000원이고 누구는 왜 2,500원이에요?"

희정이가 목소리를 높였다. 점장은 한 걸음 뒤로 물러서며 손을 내저었다.

"내가 정한 게 아니야. 사장님이 그렇게 결정한 거란다. 연주는 외국인이잖아."

"뭐라고요? 똑같이 일했는데, 그것 때문에 차이를 둔다고
요? 그게 말이 돼요?"

희정이가 한 걸음 다가서며 더 크게 항의를 했다.

"내가 정한 게 아니라니까. 억울하면 사장님한테 가서 따져.
공장에서도 우리나라 노동자하고 외국인 노동자하고는 월급
차이가 나는 게 당연한데, 뭘."

점장은 별일도 아니라는 표정을 지었다. 연주는 슬그머니
희정이의 손을 잡아끌었다. 더 싸워봐야 점장이 해결해줄 수
있는 문제도 아니었고, 외국인이라는 차별을 한두 번 겪은 것
도 아니어서 그만 가자는 신호였다.

어두운 거리를 걸어 버스 정류장으로 가는 동안 둘은 아무
말도 하지 않았다. 마치 가슴속에 커다란 바윗덩어리 하나씩
을 품고 있는 것처럼 마음이 한없이 무거웠다.

불의 강

연주의 이야기를 들은 아빠가 긴 한숨을 내쉬었다.

"할 수 없지. 낯선 나라에 와서 사는 우리가 무슨 해결 방법이 있겠니?"

자조적인 웃음이 아빠의 얼굴에서 피어났다. 어린 딸이 애써 고생하고 받은 것이 보람이 아니라 상처임을 짐작하고 있는 것이리라. 연주는 되레 그런 아빠가 더 안쓰럽게 느껴졌다.

"우리 공장에서도 그런 일이 한두 번이 아니란다. 15시간 일해도 12시간만 쳐주는 경우도 있고, 한국 사람은 점심값을 보조해주면서 우리 같은 외국인 노동자는 월급에서 점심값을 떼기도 하고."

"내가 전에 일했던 공장에서는 월급도 안 주고 그냥 내쫓은 경우도 있었단다."

엄마가 연주의 어깨를 다독였다. 엄마의 따스한 손길이 몸에 닿자, 갑자기 연주의 눈에서 눈물이 흘러내렸다. 점장이 외국인이라서 적게 줬다고 했을 때도 눈물 한 방울 흘리지 않았는데, 아니 오히려 담담했는데, 엄마의 위로의 말 한마디가 눈물샘을 터트려버린 것이다.

엄마 아빠가 겪어온 온갖 차별이 그제야 구체적으로 몸에 느껴졌다. 매를 맞고 시퍼런 멍이 든 채 귀가하던 엄마, 늘 단속반에 쫓기는 꿈 때문에 새벽녘이면 잠꼬대를 하고 고함을 지르던 아빠, 그리고 자주 연주네 집으로 와 숨어 살던 아빠의 동료 하산 아저씨 생각도 났다. 파키스탄에서 왔다는 하산 아저씨는 처음 산업 연수생으로 한국에 왔다고 했다. 연수 기간이 끝나고도 자기 나라로 돌아갈 수 없었던 하산 아저씨는 불법 체류자가 되었고, 이곳저곳 공장을 떠돌며 닥치는 대로 일을 했지만, 가족들에게 송금을 하고 나면 몇 푼 안 되는 돈으로 한 달을 버텨야 한다고 한숨을 내쉬곤 했다. 프레스 기계에 눌려 오른손 손가락 세 개를 잘린 뒤, 회사에서는 병원비 보조금이라는 명목으로 치료비도 채 안 되는 돈을 던져주며 무마를 했고, 그 뒤로는 떠돌이가 되어버린 아저씨.

'이제는 돌아갈 꿈도 꾸지 않기로 했어. 어쩌면 나는 영원히 '코리아'라는 나라를 떠도는 나그네로 살아가게 될지도 몰라.'

그런 말을 하던 아저씨의 표정은 더없이 쓸쓸해 보였다. 그때 연주는 아저씨의 그런 일이 자기의 일이기도 하다는 것을 깨닫지 못했다. 그저 불행한 이웃의 삶을 바라보는 느낌만 받았을 뿐이었다. 그런데 패스트푸드점 일을 겪고 나자, 엄마와 아빠, 하산 아저씨의 일들이 모두 대한민국이라는 낯선 땅에 발을 딛고 사는 이방인이라면 누구나 맞닥뜨려야 하는 처절한 현실임을 새삼 깨닫게 되었다.

"자, 눈물 닦고 그만 자렴. 내일 일은 내일 걱정하자. 내일도 초원에 아침 해는 떠오를 테니까."

아빠가 자리에서 일어났다. 내일도 초원에 아침 해는 떠오른다, 몽골에 살 때 한밤중이면 아빠는 그 말을 자주 하곤 했다. 양털을 깎느라, 말이나 양의 젖을 짜느라, 혹은 먼 초지까지 나가 가축들을 돌보고 돌아온 날은 지친 마음을 그런 말로 달래곤 했다. 어쩌면 아빠는 오늘, 초원의 지친 노동의 그날보다 더 지친 것인지도 모른다. 딸의 마음에 새겨질 상처가 아빠에게 더 큰 고통으로 남은 것이리라.

이불을 덮고 눕자, 몸이 깊은 물구덩이에 가라앉는 것 같았다. 좀체 잠이 오지 않았다. 어둠 속에서 오늘 하루 겪은 일들이 환영처럼 흩어졌다. 너는 외국인이니까, 너는 외국인이니까. 자꾸 점장의 말이 떠올랐다.

'그래, 어쩌면 난 지금까지 내 신분을 제대로 인식하지 못하고 살아온 건지도 몰라. 한국이라는 나라에 사니까, 이곳에서

숨 쉬니까, 내가 몽골 사람이 아니라 한국 사람이라고 오해하고 있었던 건 아닐까? 하지만 난 이 땅에서 영원한 이방인일 뿐이야.'

창밖에서 터벅터벅 걸어가는 발소리가 들렸다. 그 소리를 따라 자신이 먼 길을 떠나가는 것 같은 아득함이 연주의 온몸 가득 번져왔다.

"그게 말이 되는 소리냐? 그럼 당연히 가서 따져야지."

선우가 버럭 소리를 질렀다.

어떻게? 희정이와 연주가 막막한 표정으로 선우를 바라보았다.

"처음부터 연주 너한테 시간당 얼마를 주겠다는 말이 없었다며?"

연주가 고개를 끄덕였다. 사장은 그냥 희정이와 같이 일하라고만 했었다. 둘 다 계약서를 쓴 것도 아니었다. 그저 시급으로 일을 하고, 돈을 받으면 된다고 생각한 것이 다였다.

"이건 차별이야, 차별!"

부아가 치미는 듯, 선우가 다시 버럭 소리를 질렀다.

"뭐가 차별이야?"

마침 세 아이 곁을 지나가던 주미가 선우의 고함에 발을 멈췄다. 주미의 눈길은 희정이나 연주는 무시한 채 선우에게만 향해 있었다. 눈가에는 가는 미소까지 흘렀다.

"어? 주미구나. 이게 말이 되냐?"

선우가 침을 튀겨가며 연주 일을 주미에게 설명했다. 선우는 털털한 성격대로 교내 많은 아이들과 너나들이로 친하게 지냈다.

"그게 뭐 어때서?"

이야기를 다 듣고 난 주미가 별일 아니라는 투로 심드렁하게 되물었다.

"어떻다니? 이거야말로 차별 아니야?"

"차별? 그게 어째서 차별이야? 한국 사람과 외국 사람의 임금에는 당연히 차이가 있어야 하는 거 아니니?"

주미는 당연한 걸 왜 묻느냐는 표정이다.

"왜? 똑같은 일을 하고 왜 차별을 받아야 하는데?"

"사람값이 다르잖아. 그러니까 잘사는 나라에서 태어나야 하는 거야."

주미가 도도하게 팔짱을 끼며 연주를 흘깃거렸다.

"사람은 똑같은 사람인 거야. 그러니 누가 누구를 차별할 권리는 없지."

선우가 주미의 말투를 흉내 내 단정 짓듯 말끝을 맺었다.

"흥, 우리 아빠가 그러는데, 외국인 노동자하고 북어는 때려야 말을 듣는다더라. 연주 쟤는 한국 사람 아니야. 외국인이라고! 선우 너는 왜 쓸데없이 당나귀하고 어울리냐? 내가 놀이공원 가자고 할 때는 꿈쩍도 안 하더니."

주미가 다시 한 번 연주와 희정이를 째려보듯 힐끔 건너다보고, 더는 볼일 없다는 듯 몸을 홱 돌렸다.

"뭐 저런 쭈꾸미 같은 게."

희정이가 주미를 보며 씩씩거렸다. 그 말을 들었는지 못 들었는지, 주미는 뒤도 돌아보지 않고 사라졌다.

"당장 가서 따지자."

선우가 멀어지는 주미를 바라보다가 갑자기 뚜벅뚜벅 발걸음을 옮기기 시작했다.

"나는 모르는 일이야. 사장님이 그냥 그렇게 지급하라고 하셨거든."

"계약서도 없고, 똑같은 노동을 했는데 임금에 차별을 두는 것은 얘가 외국인이기 때문인가요?"

선우가 눈을 크게 뜨고 점장을 바라보며 따졌다.

"글쎄 사장님 지시라니까."

"그럼 사장님하고 만나게 해주세요."

선우가 한 걸음 앞으로 다가서며 가슴을 내밀었다. 그러자 점장이 한 걸음 뒤로 물러섰다.

"사장님은 지금 안 계셔."

"그럼 전화 통화라도 하게 해주세요."

"겨우 1만 3,000원 가지고 왜 난리냐?"

어이없다는 듯 점장은 양미간에 주름을 잡았다.

"그쪽이야말로 겨우 1간 3,000원 가지고 착취했다는 소리 듣고 싶으세요? 정 그러면 우리도 가만있지 않겠어요."

선우가 점장을 노려보며 눈에 힘을 주었다.

"어쭈, 이놈 봐라. 가만있지 않으면 어떡할 건데?"

점장은 가소롭다는 듯 피식 웃었다. 저러다 괜히 얻어터지는 것은 아닐까, 그냥 1만 3,000원은 포기하고 가자고 할까, 연주의 마음이 조마조마해졌다. 그러나 선우는 그런 연주를 아랑곳하지 않고 목소리에 더 힘을 주었다.

"노동부에 신고하겠어요."

"신고? 신고해봐라! 이거 참 웃기는 놈일세. 신고하건 얘는 불법 노동으로 쫓겨나는 거 몰라? 얘 취업 비자 있어?"

점장이 연주의 약한 부분을 치고 나왔다. 그러나 선우는 물러서지 않고 오히려 한 발을 더 내디뎠다.

"얘는 합법적으로 우리나라에 온 유학생이에요. 쫓겨날 리가 없어요."

"그래? 그럼 한 번 신고해봐라."

점장이 오른쪽 입꼬리를 살짝 틀어 올리며 비웃었다.

'저러다 정말 선우가 다칠지 몰라. 이쯤에서 말리자.'

그런 생각으로 이번에는 희정이가 앞으로 나서려는데, 선우가 지금까지와는 달리 나직한 목소리로, 말을 씹듯 내뱉었다.

"법적인 아르바이트 시급이 2008년 현재 3,770원이죠? 18세 미만은 여기에서 10프로를 감액하니까 3,390원 정도인데, 시급 3,000원을 지급했다는 거죠? 최저임금을 위반하면 2천만 원 이하의 벌금이나 1년 이하의 징역으로 알고 있는데……."

"너희 아까 점장 표정 봤니? 그 똥 씹은 표정하고는……."

희정이가 통쾌하다며 목소리를 높였다. 선우의 말에 얼굴이 잔뜩 일그러진 점장은 잠시 주방으로 들어가 사장과 통화를 하더니, 1만 3,000원을 던져주고 복수라도 하듯 선언했다.

"너희 둘은 오늘 날짜로 해고야."

어차피 더 일할 생각도 없었던 희정이와 연주에게 그 말은 그다지 충격적이지 않았다.

"그래요? 뭐 여기서 더 알바할 생각도 없었어요."

희정이의 말을 신호로 세 아이는 당당하게 매장을 뒤로하고 걸어 나왔다.

 "고마워. 언제 최저임금에 대해 그렇게 조사를 한거야?"

 연주가 감탄하며 선우를 바라보았다.

 "조사? 그냥 더충 해본 말이야. 대부분 가게들이 최저임금을 어기고 있다는 신문 기사를 본 적이 있거든. 하하핫!"

 선우는 웃음도 경쾌했다.

 "그런데 알바 자리를 잃어서 어떡해?"

 웃음 끝에 선우가 걱정스러운 표정으로 둘을 바라보았다.

 "걱정 마. 또 구하면 되지, 뭐. 그나저나 오늘은 일할 수도 없으니, 남은 긴긴 시간을 어떻게 보낸담."

 희정이가 억지스럽게 난감하다는 말투로 빙긋 웃으며 손가락으로 머리카락을 감아 꼬았다.

 "그럼 나랑 시청 앞 갈래?"

 "시청?"

 "뭐하러?"

 희정이와 연주가 동시에 물었다.

 "사실 나, 요 겨칠 동안 계속 시청에 갔었어. 거기서 저녁마다 미국산 소고기 수입 반대 문화제가 열리거든."

 선우의 표정이 진지해졌다. 무언가 가슴속에 할 말들을 감추고 있는 것 같은 느낌이었다. 그럴 때 선우는 같은 또래의 고등학생이라기보다는 어른 같았다. 때론 익살스럽고, 때론 자신감이 넘치고, 때론 정의감에 불타기도 하지만, 깊은 생각에 잠길 때는 바위처럼 듬직해 보이기도 하는 선우. 희정이는 선우의 진지한 눈빛을 보며, 이 친구가 점점 좋아진다는 느낌을 잠시 받았다.

"그래, 가자. 어차피 할 일도 없는데. 연주야, 너도 같이 갈 거지?"

"글쎄, 나는……, 내가 가도 될까?"

연주는 잠시 망설였다. 한국 사람도 아닌 자신이, 한국 사람들이 맞닥뜨린 문제에 괜히 끼어드는 것은 그야말로 낄 데 안 낄 데 모르고 마구 날뛰는 것 아닌가? '연주 쟤는 한국 사람 아니야. 외국인이라고!'라는 주미의 말이 자꾸 머릿속을 맴돌았다. 그 말은 마치 자신을 사람이 아니라 짐승이라고 하는 것 같아 모멸감이 들었다.

'하긴 주미 말이 맞겠지. 나는 한국 사람이 아닌 게 분명하잖아. 몽골 사람, 몽골 국적의 외국인. 그런데 왜 이렇게 기분이 우울하지?'

"같이 갈 거지?"

희정이가 다시 물으며 연주의 손을 잡았다. 희정이의 손은 따뜻했다.

'한국에는 주미랑 같은 생각을 하는 애만 있는 건 아니야.

희정이나 선우처럼 나라로 사람을 구별하지 않고, 그냥 사람으로만 대해주는 친구들도 있잖아.'

연주가 배시시 웃으며 고개를 끄덕였다. 그런 연주의 얼굴에 발그레한 물이 들었다.

세상에, 그렇게 많은 사람들이 모여 촛불을 들고 있다니! 연주는 오늘 밤에 본 풍경을 영영 잊지 못할 것 같다는 생각을 했다. 그것은 불이었지만 강 같았다. 불이면서 강이기도 한 사람들의 물결을 바라보는 것만으로도 가슴이 벅차올랐다. 불을 끄고 누워서도 천장에 촛불의 물결이 일렁이는 것 같았다.

촛불은 금방이라도 꺼질 것처럼 바람에 흔들렸지만, 결코 꺼지지 않았다. 시청 광장에 모인 많은 사람들의 숨결이 불을 지켜내는 것 같았다. 밤이 깊을수록, 사람들이 모여들수록, 불은 더 단단하고 거세게 타올랐다. 불이 단단하다니? 그러나 분명 그 불은 단단했다.

'그래, 불은 생명을 살려내는 신성한 것이라고 했어.'

연주는 문득 할머니의 말씀을 떠올렸다.

할머니는 새벽이면 누구보다도 먼저 일어나 난로의 불을 살려내곤 했다. 짐승의 마른똥을 연료로 쓰는 게르의 난롯불은 새벽이면 점점 사위어갔다. 할머니는 불이 완전히 꺼지기 전에 연료를 몇 덩이 가져다 넣고 후후 입김을 불어 넣곤 했다. 그러면 마치 요술처럼 불길이 다시 살아났고, 찬 공기가 감돌던 게르 안은 금방 온기가 피어올랐다.

"물하고 불은 살아 있는 것들의 숨결이란다. 우리같이 초원을 따라 떠도는 사람들은 물과 불이 없으면 살 수가 없지. 물을 마르게 하거나 불을 꺼트리는 것은 하늘의 벌을 불러들이는 일이야."

불을 살려내던 할머니는 선잠에서 깨어 물끄러미 바라보고 있던 연주에게 마치 예언자처럼 그렇게 말하곤 했었다.

'그래, 촛불은 할머니 말대로 사람들의 숨결인지도 몰라.'

그런 생각을 하며 연주는 촛불을 든 수많은 사람들을 떠올렸다. 사회자는 그곳에 모인 사람들이 5만 명 정도라고 했다.

'5만이라니! 내가 어렸을 때 살던 홉스골에서는 이웃 게르까지 가는 데 하루가 걸리기도 했는데. 온종일 가족 외에 다른 사람을 만나지 못하는 날이 더 많았지. 우리 나라 인구가 3백만 명인데, 한국은 5천만 명에 가깝다고 하니……. 몽골의 열 배가 훨씬 넘잖아. 땅덩어리는 몽골이 한국의 일곱 배쯤 된다던데. 그럼 우리나라 7분의 1의 땅에 그 많은 사람들이 모여 사는 거니까 5만 명은 별것 아닐지도 몰라. 우리나라에서는 나담 축제 때나 그 정도 모일까? ……나담 축제가 보고 싶다. 7월이면 축제를 기다리고 구경하는 재미로 가슴이 설레곤 했는데. 올

란바토르 나담 축제가 우명하지만, 우리 홉스골의 나담 축제
도 대단했었지.'

"에링 고르방 나담."

연주는 어둠 속에서 낮은 목소리로 몽골 말을 중얼거렸다.
에링 고르방 나담은 세 가지 경기라는 말이었다. 나담 축제에
서 행해지는 씨름, 말타기, 활쏘기가 그 세 경기다. 연주의 말
이 불러온 마술이었을까? 연주는 자신이 나담 축제 현장에 있
는 것 같은 착각에 빠졌다. 천장 위로 씨름을 하는 남자들의
모습이 어른거렸다. 푸른 초원을 배경으로, 경기에서 이긴 남
자가 독수리 흉내를 내며 팔을 벌려 춤을 추었다. 진 남자는
그 팔 아래로 한없이 움츠러들어 고개를 숙였다. 눈부시게 푸
른 하늘 위에는 흰 구름이 몇 점 떠 있었다. 그리고 하늘 끝은
초원과 맞닿아 있었다.

푸른 초원 저편에서 자욱한 먼지가 일어나기 시작했다. 먼
지는 연주에게로 다가오고 있었다. 먼지가 점점 가까워지자
땅을 구르는 발소리가 들렸다. 그것은 천둥소리 같기도 하고,
나무 막대기로 마루를 두드리는 소리 같기도 했다. 말 경주였
다. 초원 끝까지 달려 사라졌던 소년들이 초원 끝에서 다시 돌
아오고 있었다. 나담 축제의 말 경주는 언제 보아도 가슴을 떨
리게 만들었다.

초원에서 태어나고, 초원에서 살아온 사람들에게 초원은 생

명의 땅이었다. 말 경주에 참가한 소년들은 초원에 돋는 풀이었다. 겨우내 죽어 있던 땅에서 봄이면 어김없이 돋아나 세상을 초록으로 물들이는 새싹처럼, 소년들은 초원에서 말을 달리고, 초원에서 자랐다.

7월, 초원을 달려오는 소년들이 눈부신 것은 그들이 초원을 닮았기 때문이었다. 연주는 눈을 크게 뜨고 먼지보다 앞서 달려오는 소년들을 바라보았다. 제일 앞에서 볼이 통통하고 다리가 늘씬한 소년이 달려왔다. 말의 등에서 엉덩이를 든 채, 말의 질주에 몸을 일치시키고 달려오는 소년은 연주의 오빠였다.

"머흐팅그르!"

연주의 입에서 저도 모르게 오빠의 이름이 터져 나왔다.

퍼뜩 정신을 차리니, 허공에는 어슴푸레한 어둠이 가득할 뿐이었다. 창밖으로 가로등 불빛이 스치듯 스며들어 어둠은 빛이 바랜 것처럼 낡아 있었다.

오빠를 만나지 못한 지 벌써 10년이 다 돼간다. 아마도 오빠는 훤칠한 청년으로 자라 있을 것이다. 가끔 하는 전화로 목소리만 듣고서는, 오빠의 변한 모습을 짐작할 수가 없었다. 연주의 머릿속에서 오빠는 언제나 열 살 무렵, 몽골을 떠나올 때 초원에서 손을 흔들어주던, 아직 앳된 티를 벗지 못한 소년이었다.

애초에 엄마 아빠는 연주 대신 오빠를 한국으로 불러올 생각이었다. 그런데 오빠가 한사코 이곳에 오는 것을 거부했다.

"나는 양과 말을 지켜야 해. 할아버지, 할머니도 돌봐드려야 하고."

오빠는 자신이 없으면 초원이 없어지기라도 하는 것처럼, 한사코 그곳을 떠나려 하-지 않았다. 연주는 오빠에 대한 그리움을 털어버리기라도 하려는 듯 머리를 홰홰 내둘렀다.

'어쩌면 촛불집회라는 것도 우리 몽골의 나담 같은 축제인지도 몰라. 오빠가 초원의 숨결을 살려내는 것처럼 촛불을 든 사람들도 이곳에서 자신들의 숨결을 살려내고 있는 거 아닐까?'

밤새도록 그런 생각을 하느라 연주는 한잠도 들지 못했다. 그러는 사이 점점 어둠이 가시기 시작하는지, 창밖이 희끄무레해지기 시작했다. 초원이 아닌 도시에 어둠이 가시고, 새벽이 천천히 다가오고 있었다.

쭈꾸미의 사랑

주미는 쭈꾸미라는 별명이 정말 싫었다. 문어과의 무척추 동물이 자기의 별명이라니? 척추가 없다는 것은 흐물흐물하다는 말 아닌가? 쭈꾸미라는 별명을 들으면, 마치 자신의 몸이 흐물흐물하게 녹아내리는 것 같은 느낌이 들었다.

'아빠는 어쩌자고 하고많은 이름 중에 하필 내 이름을 주미라고 지어서 나를 이렇게 곤란하게 만든담? 성도 안씨니까 안주미. 그러니 초등학교 때부터 내리 별명이 쭈꾸미잖아.'

"안주는 쭈꾸미, 쭈꾸미 안주!"

초등학교 때는 귀가 닳도록 이런 노래를 들어야 했다. 중학교 때도 쭈꾸미라는 별명은 주미에게 찰싹 달라붙어 결코 떨어지지 않았다. 평생 달고 다녀야 할 혹부리 영감의 혹처럼 느

꺼지는 별명이었다.

'내가 가장 싫어하는 별명을 당나귀가 내 뒤에다 대고 부르다니. 생각할수록 열이 치받쳐. 그리고 선우 걔는 대체 뭐야? 내가 그렇게 눈짓을 보냈는데도 별 반응도 없고 말이야. 지난번 일만 해도 그래. 나는 기껏 용기를 내 놀이공원에 가자고 했는데, 대담한다는 말이라니.'

"놀이공원? 어린애도 아니고 놀이공원에 가서 뭐 하고 놀아? 내가 이번 주말에는 좀 바빠서……."

'자기가 바쁘긴 뭐가 바쁘다는 거야? 공부를 제대로 하는 것도 아니면서. 아빠한테 놀이공원 자유 이용권 얻느라고 얼마나 고생을 했는데.'

생각할수록 주미는 자꾸 화가 치밀었다. 자기가 당나귀에게 밀리는 것 같아 기분이 좀체 가라앉지 않았다.

'당나귀 같은 애가 뭐가 좋다고 나서서 일을 처리해준담. 조막만 한 얼굴에, 눈만 왕방울 같고, 입술은 얄팍한 것이 꼭 잠자리같이 생긴 애를…… 게다가 집이 잘사는 것 같지도 않던데 말이야. 잘살기는커녕 하고 다니는 꼬락서니를 봐서는 먹고 살기도 힘든 게 분명해. 제 눈에 안경이라더니 선우 걔, 분명히 시력에 문제가 있는 게 틀림없어.'

"아이고, 우리 공주님. 공부하시나?"

아빠가 문을 열고 주미 등 뒤에 다가섰다. 주미는 선우에 대한 생각을 떨쳐내려는 듯 얼른 책상에서 일어섰다.

"아빠, 제발."

주미가 샐쭉한 표정으로 아빠를 바라봤다. 아빠의 눈이 무슨 말이냐는 듯 점점 커지기 시작했다.

"노크 좀 하고 들어오시라고요. 저도 이제는 어린애가 아니니까."

"우리 딸내미, 이젠 처녀가 다 됐다, 이거지? 허허허."

아빠는 주미의 어깨를 토닥거리며 너털웃음을 터트렸다. 그 바람에 아빠의 배가 출렁였다. 이상하게도 아빠는 팔 다리는 그렇지 않은데 아랫배만 불룩하게 나와 있었다.

"이게 다 나이 배야, 나이 배. 남자들은 나이 먹으면 이렇게 배가 나오는 법이야. 그래서 중년 남자의 배는 인격이라고 하잖아."

제발 뱃살 좀 빼라는 엄마와 주미의 성화에 아빠는 그런 말로 눙치곤 했다.

"다음부터는 꼭 노크하고 들어오마. 오늘은 용서해줘라. 엄마가 나와서 과일 먹으란다."

아빠는 주미의 어깨를 몇 번 다독거리고 돌아섰다. 주미도 책상 위에 펼쳐진 영어 문제집을 덮어버리고 그 뒤를 따라 나갔다.

"아, 지겨운 공부. 언제쯤 공부에서 해방될 날이 올까?"

포크로 참외를 한 조각 찔러 든 주미가 바로 입으로 가져가지 않고 기지개를 켜며 넋두리했다.

"대학 들어가야 해방이지."

엄마가 참외를 깎으며 피식 웃었다.

"아, 지겨운 대학. 대학에 가면 정말 해방이 될까?"

주미가 혼잣말처럼 중얼거렸다.

"요즘 대학생들은 취업 때문에 난리라던데, 대학 들어간다고 해방이 될까?"

아빠가 주미를 놀리느라 빈정거리는 말투로 말했다.

"아, 싫어. 대학 들어가면 나는 취업 생각 안 하고 신 나게 놀아버릴 거야."

주미가 악몽을 털어버리려는 듯 머리를 홰홰 가로저었다.

"당신은 한창 공부하는 애 기죽일 일 있어요? 당장 대학 입학이 급한 애한테 그런 얘길 왜 해요? 우리 주미야 졸업하면 그냥 우리 회사에 취업시키면 되잖아요. 넌 취업 걱정 말고 그냥 일류 대학만 들어가면 돼."

엄마가 아빠에게 지청구를 늘어놓다가 다시 주미를 다독거렸다.

"우리 회사? 말도 마. 요즘 누가 가구 공장에서 일하려고 해? 당신도 뻔히 알잖아. 가구 사업 사양길이라는 거. 웬만한 가구는 완제품으로 베트남이나 중국에서 들여오는 판이니, 이제 가구 공장은 공장이 아니라 유통 업체일 뿐이야. 외국 생산품 들여다 배달하는 배달부일 뿐이라고. 옛날처럼 대량으로 직접 만들어 파는 경기 좋은 날은 이제 없을 거야."

아빠는 넋두리처럼 사정을 털어놓았다. 그렇지만 말은 그렇게 해도, 아빠의 사업은 아직 번창 일로인 것만은 분명했다. 지난번에도 공장을 넓힌다고 새로 건물을 짓기도 했고, 앞으로 확장할 공장 부지라며 지금 공장의 이웃에 땅을 더 사기도 했다.

"여기가 제2 공장을 지을 곳이란다. 대규모 전시장도 함께 지어서 이 공단 안에서 가장 큰 가구 생산 업체로 도약할 터전이지. 지금은 비록 조그만 가구 공장이지만 장차 아빠는 이 공장을 최고의 가구 생산 업체로 키울 거야."

주미를 공장으로 데려간 아빠는 자랑스레 새로 매입한 터를 보여주기도 했다.

"당신, 공장 확장하면 전문적인 경영을 담당할 사람이 필요할 거라면서요? 그래서 우리 주미한테 경영학과에 진학하라고 한 거 아니에요?"

엄마의 말에 비로소 속마음을 털어놓는다는 듯 아빠가 빙그레 웃으며 대답했다.

"물론 장래에는 우리 주미가 공장을 맡아 경영해야지. 우리 집 외동딸에게 물려주지 않을 거라면 뭐하러 공장을 확장하겠어. 그런데 공장을 맡아서 경영하려면 먼저 경영 수업을 받아야 하지 않겠어? 그러니 대학에서 공부를 마치면 우선 대기업에 들어가서 몇 년은 착실하게 경영 수업을 해보는 게 좋겠다는 거지."

엄마 아빠의 꿈은 언제나 원대했다. 일류 대학 입학에, 그것도 경영학 전공, 그리고 졸업 후에는 몇 년 외국 유학, 귀국해서는 대기업에서 경영 수업, 그리고 마침내 가구 공장을 맡아 우리나라 최고의 가구 생산 업체로 키워주었으면 하는 것이 주미에게 거는 기대였다. 하지만 그런 엄마 아빠의 꿈이 아직 주미에게는 현실감이 없었다. 지금 당장 주미에게는 좋은 대학에 들어가는 것이 제일 중요했고, 선우와 더 친해지는 것을 바랄 뿐이었다.

'선우도 내가 어떤 애인지 알면 결코 무시하지는 못할 거야.'

포크로 사과를 찍으며, 주미는 선우의 얼굴을 떠올렸다. 짙은 눈썹에 오똑한 코, 쉽게 알 수 없을 정도로 깊은 생각이 담겨 있는 듯한 그윽한 눈을 가진 선우는 주미의 이상형이었다. 그러나 가장 큰 문제는 선우가 주미에게 관심이 없다는 것이었다. 몇 번 말을 건네어봤지만, 선우는 주미를 그저 같은 학교에 다니는 친구로만 여길 뿐 여자 친구로 삼을 생각이 전혀 없어 보였다.

"내일은 토요일이니 보충 수업 없지?"

아빠가 사과를 우적우적 씹어 삼킨 뒤 주미 쪽으로 고개를
돌렸다.

"응, 학원도 안 가는 날이야."

"그럼 우리 모처럼 가족 외식이나 하자. 어제 거래처 사람들
과 간 강남의 고깃집 좋더라."

"그래요. 우리 가족들 외식한 지도 오래됐는데 좋지요."

엄마가 반색했다.

"아빠, 그 고기 혹시 미국산 소고기 아냐? 난 광우병 걸리기
싫은데."

주미의 말에 아빠가 손을 내저었다.

"국내산 한우야. 횡성 한우 중에서도 최고 등급 고기만 파는
집이지. 설마 아빠가 광우병 소고기를 사주겠냐?"

"그런데 정말 미국산 소고기 먹으면 광우병 걸리는 거예요?
요즘 촛불집회다 뭐다 해서 온통 난리던데."

엄마가 진지한 표정을 지으며 물었다.

"그거 다 배불러서 하는 짓거리야. 자기들이 언제 소고기를
실컷 먹어본 적이나 있어? 먹고 살 만해지니까 광우병이다 뭐
다 해서 난리 치는 거지. 더 배곯아봐야 한다니까. 걸릴 확률
도 거의 없다던데 말이야."

아빠의 목소리가 갑자기 높아졌다.

"그러게 말이에요. 수입이든 뭐든 소고기 먹게 된 것만 해도

감지덕지해야 할 사람들이……."

엄마의 맞장구에 아빠가 고개를 끄덕이며 한마디 덧붙였다.

"우리 공장만 해도 그렇잖아. 일꾼 구하기가 하늘의 별 따기야. 외국인 아니면 사람을 구할 수가 없다니까. 우리나라 사람들은 일이 힘들다, 월급이 적다 하면서 배부른 소리나 하니 사람을 구할 수가 없다니까. 다 배가 불러서 하는 짓거리지. 미국산 소고기 안 먹겠다는 것도 다 배부른 소리야."

엄마와 아빠의 죽이 척척 맞아떨어지는데, 그 말끝에 주미가 토를 달았다.

"그래도 재수 없어. 내가 걸리면 어떻게 해? 난 시집도 못 가보고 죽기 싫어."

"허허, 그래도 우리 주미가 시집은 가고 싶은가 보지? 걱정마라. 우리는 한우만 먹을 거니까."

아빠는 주미가 귀여워 어쩔 줄 모르겠다는 표정을 지었다.

'당신을 향한 나의 사랑은 무조건 무조건이야. 태평양을 건너, 대서양을 건너…….'

갑자기 아빠의 휴대폰이 '무조건 무조건~' 하고 소리를 질러댔다.

"어휴, 아빠는. 벨소리 좀 바꾸라니까. 촌스럽게 〈무조건〉이 뭐야."

주미가 벨소리를 듣고 중얼거렸다.

"뭐야? 압둘라가 또 사고를 쳤단 말이야? 그놈은 오토바이 사고 친 지 얼마나 됐다고 또 사고야! 뭐? 내가, 왜? 그놈의 자식 잡혀가든지 추방당하든지 놔둬버려! 그래? 그럼 이 부장이 알아서 해! 이 부장도 김 소장 잘 알잖아. 내 부탁이라고 하면 섭섭하게는 하지 않을 거야. 알아서 해!"

전화를 받는 목소리에는 잔뜩 열이 올라 있었다. 화가 날 때면 아빠의 목소리 끝은 칼로 무를 자른 것처럼 뭉툭하게 끊어졌다. 그래서 듣는 사람에게는 더 단호하게 들렸고 위압감을 느끼게 만들었다.

'화가 단단히 나신 걸 보니, 또 공장에 사고가 터졌나 봐.'

주미는 그렇게 짐작을 하며, 전화를 끊고서도 여전히 화가 가시지 않은 것 같은 아빠의 얼굴을 바라봤다. 엄마도 궁금한지 무슨 일이냐고 눈으로 묻는 눈치였다.

"작업반장 압둘라 그놈이 또 사고를 쳤대. 지난번에는 오토바이 타고 가다 남의 차를 박아서 겨우 합의를 봐줬더니, 이번에는 술 처먹고 가다가 동네 청년하고 주먹다짐을 해서 파출소에 잡혀갔대. 이 부장보고 파출소장한테 잘 얘기해보라고 했지만, 이놈 그냥 잘라버리면 딱 좋겠어."

"그래도 압둘라가 일은 잘한다면서요?"

"일은 참 잘하지. 그래서 여태껏 안 자르고 놔둔 거야. 놈이 눈썰미가 있어서 하나를 가르치면 둘을 해내기는 하지. 성질이 지랄 같아서 그렇지. 파키스탄에서 학교 선생을 했다는데, 그래서 그런지 머리 하나는 비상하거든. 다른 외국 놈들도 다 이놈이 통솔하고 있어서 그만두라고 할 수도 없고. 그런 기술자 하나 구하려면 보통 어려운 게 아니라 놔두고 있는데, 술만 들어가면 사고를 친단 말이야. 파키스탄은 회교 국가라 술을 안 먹는다던데 이놈은 별종이야, 별종."

"그래서 이 부장이 뭐래요?"

엄마가 아빠 앞으로 주스 잔을 내밀며 물었다. 속이 탔는지 아빠는 주스 한 컵을 한 번에 반 넘게 마시더니 그제야 입을 열었다.

"뭐 어쩌긴. 파출소장한테 잘 얘기해서 합의 봐야지. 평소 찔러준 게 있으니, 우리 직원인 줄 알면 소장도 함부로 하지는 못할 거야. 에이, 또 돈 들어가게 생겼네. 도대체 외국 놈들은 언제 어디로 튈지 모르는 럭비공 같은 것들이라니까."

말을 마친 아빠가 나머지 주스를 벌컥벌컥 다 마시고 컵을 탁 하고 내려놓았다.

"아빠, 그럼 내일 외식은 못 가는 거예요?"

공장에 사고가 났으니 아무래도 아빠가 뒤치다꺼리할 일이 많을 것 같아 아쉬운 듯 주미가 물었다.

"그놈 사고 친 건 친 거고 우리 공주님 외식은 외식이지요. 걱정 마라, 내일 맛있는 횡성 한우로 포식을 시켜줄 테니."

아까의 기분 나쁜 일은 다 잊었다는 듯, 아빠는 다시 평소의 목소리로 돌아와 빙긋 웃었다.

"그런데 아빠, 부탁이 하나 있는데요……."

슬쩍 눈치를 보며 주미가 말끝을 흐렸다.

"뭔데? 우리 공주님 부탁인데 가능하면 들어줘야 하겠지?"

"아이팟 터치 하나 사주세요."

"아이팟 터치? 그거 뭐하는 건데?"

아빠는 처음 듣는 말이라는 듯, 어리둥절한 표정을 지었다.

"공부할 때 필요한 거예요. 동영상 강의도 들을 수 있고, 선생님 수업 녹음도 할 수 있는."

주미는 일부러 음악이나 인터넷 기능은 빼고 설명했다. 그런 기능이 있는 기계라고 하면 공부에 방해가 된다고 할 게 뻔했다.

"그래? 그럼 빨리 사줘야지. 공부에 필요하다는데 안 사줄 수 있나?"

아빠는 허허 웃으며 주미에게 따스한 눈길을 보냈다. 자신이 많이 배우지 못한 탓인지 아빠는 공부에 필요한 것이라면 두말 않고 사주곤 했다.

"아빠, 고마워요."

주미가 아빠의 목에 매달려 아양을 부렸다.

"아이고, 두 부녀 하는 꼴을 보니 눈꼴시네."

엄마는 아니꼽다는 말투로 말했지만, 두 사람이 보기 좋다
는 듯 행복한 표정을 지었다.

세 친구

"잘 있니? 잘 있지?"

휴대폰을 열자 잘 있냐는 소리가 반복적으로 들려왔다. 엄마다! 머릿속으로 찬바람이 쉬익 지나가는 것 같았다. 순간 정신이 아득해졌다.

"잘 있지?"

엄마는 잘 있으리라는 자신의 믿음을 확인이라도 하듯, 자꾸 '잘 있지'라는 말만 되풀이했다.

"어, 엄마? 엄마야?"

희정이의 목소리가 가늘게 떨렸다. 엄마 목소리가 분명했지만 믿기지 않았다.

"엄마 맞아? 엄마 맞아?"

희정이도 반복적으로 되물었다.

"그으래. 엄마야."

엄마의 목소리도 한없이 떨리고 있었다.

"엄마……, 어디야?"

희정이는 목이 메었다. 엄마를 부르자 한동안 잊고 있던 엄마 얼굴이 눈앞에 선명하게 되살아났다. 보고 싶기도 하고, 한편으로는 어색한 기분이 들기도 했다.

작고 동그란 얼굴에 화장기 하나 없는 모습, 가늘게 이어진 눈썹, 몸에서 늘 생선 비린내가 가시지 않던 엄마. 밤늦게 돌아온 엄마의 몸에서는 생선 비늘이 성긴 별처럼 빛나기도 했다. 비린내와 별이라니, 참 어울리지 않는 조합이라는 생각을 한 적도 있었다. 그런데 엄마의 목소리를 듣는 지금, 그 비린내와 별빛이 더 그리워졌다.

"별일 없니? 아빠도 잘 계시고?"

어디냐는 질문에는 대답도 않고 엄마는 말을 돌렸다.

"응, 다 잘 있어. 엄마는?"

"엄마도 잘 지내."

희정이에게는 엄마의 대답이 한없이 쓸쓸하게 느껴졌다. 잘 지내지 못한다는 것이 고스란히 배어 있는 대답이었다.

"우리 이사했어. 이사한 집은 경기도야. 내 핸드폰으로 전화하면 돼."

희정이는 엄마가 집을 찾아오지 못할까 봐 얼른 그런 얘기를 덧붙였다.

"으응, 이사했구나. 미안하다, 엄마 때문에……."

"엄마, 그만 집에 와. 이사하면서 급한 빚은 많이 갚았대. 보고 싶어."

희정이가 목이 메인 소리를 냈다.

"그래, 언젠가, 가긴, 가야겠지."

엄마의 말이 툭툭 끊겼다. 지금은 돌아갈 수 없다는 말을 엄마는 그런 식으로 힘겹게 토해내고 있는 것일까? 엄마의 말을 듣는 희정이의 눈에서 눈물이 툭 떨어졌다.

"엄마, 어디야? 밥은 먹는 거야?"

울음에 잠긴 목소리로 희정이가 묻자, 엄마는 한동안 말을 삼키는지 대답이 없다가 기어드는 목소리로 대답을 했다.

"강릉, 주문진……. 엄마는 괜찮아……. 걱정 마……."

그때 전화 저편에서 '희정이 엄마, 얼른' 하고 부르는 소리가 들렸다. 그러자 엄마의 목소리가 다급해졌다.

"다음에 또 연락할게."

"엄마, 엄마! 전화번호라도 알려줘야지!"

희정이가 수화기에 대고 숨이라도 넘어갈 듯 소리를 지르자 엄마는 '033'의 지역 번호가 붙은 숫자를 불러주고 서둘러 전화를 끊었다. 희정이는 엄마가 불러준 번호를 잊을세라 얼른 자기 휴대폰에 입력해두었다.

'강릉?'

낯선 고장이었던 바닷가 도시의 이름이 갑자기 그리워지는 건 엄마가 거기 있기 때문이었다. 엄마는 왜 하필 바다가 있는 곳으로 숨어든 것일까? 아마도 평생 생선만 팔던 엄마에게 바다는 돌아가서 발 디뎌야 할 마지막 은신처 같은 곳 아니었을까? 어물전에 누워 바다를 꿈꾸는 물고기처럼, 어쩌면 엄마에게는 돌아가야 할 고향 같은 곳이 바다 아니었을까? 희정이는 그런 생각을 하며 한동안 엄마의 번호가 찍힌 휴대폰을 들여다봤다. 눈물 한 줄기가 자기도 모르게 볼을 타고 흘러내렸다. 아무렇지도 않은 척, 씩씩하게 살아가는 척 했지만, 마음 한구석에는 엄마에 대한 그리움이 숨어 있음을 새삼 깨달았다.

"앗, 늦었다!"

희정이는 엄마 생각에 빠져 있다가, 들여다보던 휴대폰에서 시간을 확인하고는 비명처럼 중얼거렸다. 부랴부랴 세수를 하고, 머리도 감고, 옷을 챙겨 입고 나섰지만, 아무래도 30분 정도는 늦을 것 같았다.

거실을 나서며 보니, 늘 집 안 한구석에 구겨져 술 냄새를 풍기며 잠들어 있던 아빠가 없었다. 요 며칠, 아빠는 술도 줄이고 일을 하는 눈치였다. 희정이는 아빠가 무슨 일을 하는지 정확히 알 수는 없었지만, 밤늦게 들어오는 아빠의 어깨는 술을 마서댈 때보다 더 지쳐 보였다.

바쁜 걸음으로 버스 정류장에 도착해보니, 연주가 벌써 나와서 기다리고 있었다. 좀 늦을 것 같다고 전화를 하긴 했지만, 희정이가 약속한 시간보다 더 늦은 탓이었다.

"오래 기다렸니?"

"아니야. 금방 왔어."

연주가 배시시 웃었다. 웃을 때마다 볼이 더 발개졌다.

'선생님 어릴 때는 아이들 얼굴이 다 연주 같았지. 볼이 통통하고 발그레한 것이 원래 우리나라 사람이야. 지금은 식생활 탓인지 갸름하고 하얗게 변했지만.'

그래서 몽골 사람들과 우리나라 사람들은 형제라며 웃던 한문 선생님 말이 문득 떠올라 희정이도 배시시 웃었다.

행사장 안으로 들어서던 연주의 눈이 휘둥그레졌다. 선우도 놀라기는 마찬가지인지, 눈 둘 데를 모르고 괜히 이리저리 시선을 돌리느라 정신이 없었다.

"촌닭처럼 왜들 그래? 그냥 재미있게 보고 즐기라고."

희정이가 그런 두 사람의 어깨를 툭 치며 익살맞게 웃었다. 희정이의 얼굴에는 흥분과 설렘이 가득했다. 행사장 입구에는 온갖 만화 캐릭터들이 붙어 있었다. 갖가지 원색으로 화려하게 그려진 캐릭터들이 벽 위에서 살아 움직이는 것 같았다.

"어머, 이것 좀 봐. 정말 귀엽지?"

희정이가 벽 가운데에 붙여놓은 펭귄 모양의 그림을 보며 팔짝팔짝 뛰었다.

"이건 나도 알겠다. 〈포켓몬스터〉에 나오는 펭돌이구나."

선우가 자기도 알겠다며 반색을 했다.

"연주야, 어때?"

이번에는 희정이가 연주의 반응을 떠봤다. 연주는 여전히 벙벙한 눈치였다.

"글쎄, 나는 뭐가 뭔지 모르겠어. 이게 다 만화에 나오는 거라고?"

연주가 벽을 휘둘러보며 놀란 얼굴을 했다.

"응, 다 만화 캐릭터들이야. 대부분이 일본 만화 캐릭터인데……. 응, 이거는 우리나라 만화 캐릭터야."

캐릭터들을 둘러보던 희정이가 그중 하나를 가리켰다.

"아기공룡 둘리잖아."

연주의 말에 희정이와 선우가 깜짝 놀라며 말했다.

"너 둘리도 알아?"

"그럼, 한국말 처음 배울 때 내가 제일 즐겨 보던 만화책이 『아기공룡 둘리』였거든."

"그래? 그럼 둘리가 네 한국말 스승이었네."

선우의 말에 연주가 웃으며 고개를 끄덕였다.

"코믹이나 다른 애니메이션 페어들이 원래 일본에서 시작되어서 그렇겠지만, 우리나라 캐릭터가 너무 적은 것은 아쉬워. 대부분이 일본 캐릭터들이거든."

희정이가 주변 그림들을 둘러보며 자신의 생각을 털어놓았다.

"우리나라에서 만화가 문화로 대접받기 시작한 게 얼마 안 됐기 때문이겠지. 일본은 오랜 전통이 있고 말이야. 두 나라의 문화적 격차를 보여주는 거 아닐까?"

선우가 제 의견을 조심스럽게 꺼내놓자, 희정이가 말문이 터진 듯 이야기를 시작했다.

"맞아. 선우, 너 제법이다. 만화도 네 말처럼 중요한 문화의 한 분야인데, 어른들은 그저 질 떨어지는 아이들 구경거리로만 생각하고 있어서 우리나라 만화가 제대로 대접받지 못하는 거야. 일본이 2차 세계대전 패전국이 되고, 온 국민이 실의에 빠져 있을 때 일본 국민들의 의식을 살려낸 것 중 하나가 만화였다는 이야기도 있어. 혹시 〈우주 소년 아톰〉이라는 만화 아니?"

이야기를 하던 희정이가 갑자기 질문을 던지자, 선우와 연주는 서로의 눈만 쳐다보다가 피식 웃으며 고개를 끄덕였다. 한문 선생님 별명이 생각나서였다.

"원작자인 데즈카 오사무가 1963년에 감독한 애니메이션인데, 원래 제목은 〈철완 아톰〉이야. 이 만화가 텔레비전을 통해 일본 전국에 방영되면서 일본 애니메이션이 비로소 자기 모습을 갖추게 됐고, 당시 패전으로 침체되어 있던 일본 사회는 이 애니메이션을 통해 활기를 찾게 되었다고 해. 그 뒤를 잇는 감독이 아마 너희도 잘 알고 있는 미야자키 하야오 같은 사람이지."

"미야자키 하야오?"

선우가 모르겠다는 표정으로 묻자 희정이가 얼른 덧붙였다.

"〈이웃집 토토로〉, 〈센과 치히로의 행방불명〉 같은 작품을 만든 감독."

"아, 그래 알겠다. 왜, 〈바람계곡의 나우시카〉를 만든 감독이지?"

선우가 비로소 알겠다며 한마디 덧붙였다. 선우의 갈을 들은 희정이 얼굴이 환해졌다. 제법 이야기가 통한다는 느낌이 들어서였다.

"그 작품도 아는구나. 내가 제일 좋아하는 애니메이션인데. 인간의 산업 문명이 결국은 인간 자신을 파멸시킨다는 것을 보여준 미야자키의 대표 작품이지. 일본에서는 환경 운동을 하는 사람들이 나우시카 깃발을 상징적으로 들고 다니기도 한대."

희정이의 말에 신이 나 있었다. 평소에는 수다스럽지 않더니, 자기가 좋아하는 이야기가 나오자 누구보다도 활발하게 웃고 떠들며 이야기를 했다. 그런 희정이의 모습이 낯설기도 하고 신기하기도 해서, 연주는 멍하니 희정이의 상기된 얼굴을 바라보았다.

"일본 애니메이션 밑그림은 거의 우리나라에서 그린다며?"

선우가 확인하듯 물었다.

"그래. 지금 우리나라 애니메이션은 일본의 하청 수준이라고 할 수 있어. 그렇지만 우리나라 애니메이션도 점점 발전하고 있는 건 분명해. 아까 연주가 말한 둘리 캐릭터도 그렇고, 극장판 애니메이션도 많이 만들어지고 있거든. 애니메이션에 대한 문화적 인식이 많이 달라지고 있는 것도 사실이고. 내 생각에는 머지않아 우리나라 애니메이션이 일본을 넘어설 날이 분명 올 거야."

희정이가 확신에 찬 말투로 설명을 하고, 입을 굳게 다물었다. 그런 희정이의 입매를 보니, 연주는 정말 대한민국 애니메이션의 앞날이 어둡지 않을 것 같다는 느낌이 들었다.

"그래, 네가 우리나라 애니메이션의 앞날을 책임져."

연주가 우스개처럼 말하며 희정이의 손을 꼬옥 잡았다.

"우리나라? 이럴 때 보면 한국 사람 다 된 것 같다니까."

"나도 때때로 연주가 몽골 사람이라는 걸 까먹어."

희정이와 선우가 연주를 보며 웃음을 터트렸다. 그런 두 친구를 바라보는 연주의 마음도 한껏 부풀어 오르는 것 같았다.

행사장 곳곳은 주로 중·고등학생으로 보이는 친구들로 가득했다. 만화 동아리 회원들의 작품을 전시해놓은 곳을 거쳐, 온갖 만화 캐릭터들의 개성을 뽐내는 코스프레 콘테스트 마당을 지나자, 동아리 판매존을 하는 곳이 나왔다.

"우와, 이것 봐. 캐릭터 인형이야."

판매장 한곳에 화려하게 진열되어 있는 인형들을 보며 희정이가 감탄을 내뱉었다. 수많은 만화 주인공들이 자신의 개성을 드러내고 있어, 눈을 뗄 수가 없을 정도였다.

"여기 연주가 좋아하는 둘리도 있다."

"이건 고길동 아저씨잖아."

둘리 캐릭터를 지나자, 전형적인 일본풍의 전시물들이 이어졌다. 얼굴이 갸름하고, 머리를 양쪽으로 늘어트린 소녀가 짧은 치마를 입고 있는 모습도 있었고, 분홍 줄무늬 세일러복 상의에 하늘하늘한 치마를 입은 인형도 눈에 띄었다.

"이건 『스즈미야 하루히의 우울』이야. 이건 『흑집사』에서 집사인 세바스찬이 입었던 조끼네. 이 주황색 옷은 『드래곤볼』에서 손오공이 입었던 도복이고, 아, 이건 『후르츠 바스켓』에서 토끼의 영혼이 들어가 있던 모미지의 동복이야."

희정이는 신이 나서 인형 하나하나를 짚어가며 설명했지만, 연주나 선우는 도무지 모르겠다는 표정이었다.

"이게 다 만화에 나오는 캐릭터란 말이지?"

연주가 참 신기하다는 듯 물었다.

"그래, 내가 좋아하는 만화에 등장하는 인물들을 여기서 이렇게 만나다니, 정말 좋아."

희정이의 얼굴에 행복한 표정이 가득 어렸다.

"여기 내가 아는 것도 하나 있다!"

캐릭터 인형을 둘러보던 선우가 반색했다.

"응?"

"뭔데?"

"헬로키티. 옛날에 내가 본 건데. 귀엽게 생긴 고양이."

선우가 인형을 집어 들고 이리저리 살폈다. 그런 선우의 모습이 귀엽기도 하고, 장난스럽기도 해서 희정이와 연주는 배시시 웃었다.

"자, 기념으로 우리 뭐 하나씩 사 갈까?"

다양한 캐릭터 상품들을 파는 곳에서 선우가 발걸음을 멈췄다. 열쇠고리에 책받침, 필통 같은 문구류와 휴대폰 줄 같은 것들이 대부분이었다. 캐릭터를 새겨 넣은 티셔츠도 있었다.

"이거 어때?"

희정이가 휴대폰 줄 중에서 하나를 골랐다. 귀엽고 재미있게 생긴 초록색 공룡 둘리가 줄 끝에 매달려 있었다.

"둘리?"

"응, 이거 연주가 제일 좋아하는 캐릭터니까 내가 기념으로 사줄게."

"아냐, 됐어."

연주가 사양을 하자, 선우가 좋은 생각이 났다는 듯 손뼉을 치며 말했다.

"희정이는 연주 사주고, 내가 희정이 사주면 되겠다."

"그럼 네 것은 내가 하나 사줄게."

연주가 맞장구를 쳤다.

"결국 서로 하나씩 기념으로 사주자는 얘기네."

희정이가 환하게 웃었다.

"선우한테는 이 키티 캐릭터를 사주면 되겠지?"

연주가 헬로키티 휴대폰 줄을 골랐다.

"가만, 그럼 희정이한테는 뭐가 좋지?"

선우가 이것저것 뒤적이며 선뜻 정하지 못하자 희정이가 얼른 전시물 중 하나를 집어 들었다.

"난 이걸로 할래. 개구리 중사 케로로."

희정이가 고른 휴대폰 줄을 보고 선우가 한마디 했다.

"누가 연주 단짝 아니랄까 봐, 둘리하고 비슷한 걸 골랐네."

케로로도 초록색이라 언뜻 보기에는 둘리하고 느낌이 비슷했다.

"둘리는 공룡이고, 이건 개구리랍니다. 공룡하고 개구리가 비슷할 리가 있겠어요?"

희정이가 장난스럽게 말하는 바람에 모두 웃음을 터트렸다.

세 명은 같이 휴대폰을 꺼내 줄을 끼웠다.

"나중에 희정이가 유명한 만화가가 되면 희정이가 만든 캐릭터로 우리 셋이 휴대폰 줄을 맞추자."

연주가 진지한 표정으로 말했다.

"에휴, 어느 세월에."

연주의 말에 희정이가 막연하다는 표정을 지었다.

"언제? 머지않아 우리가 졸업하고 세상으로 나가면, 그날이 올 거야."

이번에는 선우가 진지한 말투로 말했다.

"그런 날이 오기는 올까?"

희정이는 문득 지난번 한문 수업을 떠올렸다. 무슨 이야기 끝엔가 우리나라 교육의 문제점을 이야기하던 선생님이, 앞으로는 개성이 중요한 시대가 될 것이고, 자신이 하고 싶은 일을 하면서 사는 것이 행복인 시대가 올 것이라는 말을 했다. 그러자 제일 앞에 앉아 있던 다솜이가 혼잣말처럼 중얼거렸다.

"좋아하는 일이요? 출신 대학으로 사람을 평가하는 게 현실인데 좋아하는 일만 하다가는 굶어 죽기에 딱 좋지 않을까요?"

"허허, 그렇지? 그런 세상은 정말 꿈일까?"

다솜이의 말을 듣고 선생님도 혼잣말처럼 그렇게 대답했다. 그 말을 하는 선생님의 표정은 더없이 쓸쓸해 보였다.

그때를 떠올리는 희정이의 눈동자가 아득했다. 그런 세상을 꿈꾸기에는 현실이 너무 팍팍했고, 또 아침에 엄마에게서 걸려온 전화가 갑자기 생각났고, 그러자 삶은 결코 호락호락하지 않은 것 같다는 느낌이 들었다.

"자, 힘내자. 장차 대한민국 애니메이션계를 주름잡을 우리의 당나귀 희정이가 왜 그래?"

선우의 익살스러운 말에 모두 웃음을 터트렸다. 희정이도 선우의 과장에 기운이 좀 나는 것 같았다.

'어쩌면 세상살이가 힘들기만 한 것은 아닌지도 몰라. 연주처럼 낯선 땅에서도 잘 견뎌내는 친구도 있는데, 뭐.'

희정이는 그런 생각을 하며 일부러 밝은 표정을 지었다.

"우리 떡볶이 먹으러 갈까? 내가 살게."

희정이의 제안에 선우와 연주가 고개를 끄덕였다. 몇 장의 스티커를 고르고 난 뒤 전시장을 나오자, 어느새 햇살이 수굿하게 이울고 있었다. 은행잎 가로수 길을 걸어가는 세 친구의 뒷모습이 그날따라 더 싱그러워 보였다.

진술서

'똑똑똑.'

갑자기 교실 문을 노크하는 소리가 울렸다. 점심시간 다음 수업인 5교시는 졸음과의 전쟁이었다. 수업 내용은 귀에 들어오지 않았고, 평소에는 그렇게 듣기 싫던 선생님의 설명도 자장가처럼 달콤했다.

서너 명의 상위권 아이들은 졸린 눈을 비비며 수업을 듣고 있었지만, 다른 아이들은 대부분 꾸벅꾸벅 졸았고, 아예 엎드려 한밤중에 있는 아이들도 있었다. 그러나 졸고 있다고 해서 모든 신경을 꺼버린 것은 아니었다. 혹 선생님이 야단을 칠까 걱정이 되어 잠 속에서도 신경을 팽팽하게 긴장시켰다. 자면서도 긴장하는 것은 대한민국 고등학생이 아니면 할 수 없는 신기한 기술임에 틀림없었다.

선우도 하염없이 감기는 무거운 눈꺼풀을 자꾸 껌벅이며 졸음을 내쫓았지만 점점 정신이 흐리멍덩해졌다. 그때 갑자기 교실 문을 노크하는 소리가 들린 것이다.

졸던 아이들이 전부 순간적으로 고개를 쳐들었다. 모두 교실 출입문 쪽을 향해 눈길을 옮겼다. 몇몇은 미처 소리가 난 곳을 찾지 못해 선생님 얼굴을 멍하니 쳐다보기도 했다. 설명이 중간에 끊긴 선생님은 잠시 얼굴을 찡그려 못마땅한 마음을 드러내더니, 천천히 슬리퍼를 끌며 출입문으로 다가섰다.

'선생님도 졸린 상태로 설명하고 있는 게 분명해.'

그런 짐작을 하며 선우는 괜히 피식 웃었다. 졸음에는 장사가 없다더니, 선생님도 예외는 아니라는 생각이 들어서였다. 고개를 길게 빼고 출입문 밖을 보던 앞자리의 아이들 몇이 '이크, 뜨거워라' 하며 얼른 고개를 움츠렸다. '개고생 한번 해볼래?'라는 말을 늘 입에 달고 살아 '개고생'이라는 별명을 가진 학생부장이었다. 괜히 걸리면 또 무슨 꼬투리를 잡혀 듣기 싫은 잔소리를 배부르게 얻어먹게 될지 몰라 지레 움츠러든 것이다.

"정선우, 나와!"

개고생이 교실 안으로 목을 들이밀고 소리를 질렀다. 그 바람에 몇몇 아이들이 킥킥거렸다. 유난히 큰 얼굴에 짧고 굵은

목이 돋보이는 학생부장이 우스워서였다. 그러나 부릅뜬 개고
생의 눈을 보자 웃던 아이들도 '어마 뜨거워라' 하며 도로 몸
을 움츠리고 말았다.

갑자기 자신의 이름이 개고생의 입에서 튀어나오자 선우는
잠시 멍한 표정으로 자리에 앉아 움직이지 못했다. 정말 자신
을 부른 것인지조차 의심스러웠다.

"정선우!"

개고생이 다시 목소리를 높이자, 그제야 퍼뜩 정신이 든 선
우가 엉거주춤 일어서며 머리를 긁적였다. 잘못한 게 없어도
막상 학생부장이 부르면 주눅이 들기 마련이었다. 어쩌면 그
것은 본능 같은 것인지도 몰랐다.

아침마다 교문 앞에서 아이들 등교 지도를 하는 학생부장은
감정이 하나도 없는 사이보그 같은 존재였다. 그는 비가 오나
눈이 오나 6시 반이면 어김없이 교문 앞에 서서 아이들을 노려
보곤 했다.

심지어는 시험 기간에 등교 지도를 한 적도 있었다. 시험 때
라 안심하고 교복 위에 덧옷을 걸치고 등교하던 아이들은 지
청구를 실컷 듣고 교실에 들어가야 했다. 몇몇은 아예 교복을
입지 않고 사복 차림으로 등교하기도 했는데, 그런 아이들은
50번 이상의 쪼그려 뛰기를 한 뒤에야 교실에 들어가 시험지
를 마주할 수 있었다. 몇몇은 아침부터 받은 얼차려의 부작용

때문에 시험을 망치고 억울해 분통을 터트리기도 했다. 그중 한 녀석의 어머니가 학교로 전화해 항의를 했지만, 개고생은 한마디로 학부모의 항의를 멀리 차버렸다.

"시험 때라도 학생은 학생이오!"

찔러도 피 한 방울 나올 것 같지 않은 개고생의 입에서 자신의 이름이 불리자 깜짝 놀란 선우가 쭈뼛거렸다.

"학생부로 내려왔!"

굵고 짧은 명령을 내던진 개고생은 어두컴컴한 복도 저편으로 사라졌다. 개고생이 사라진 복도에 어둠 같은 정적이 가득 내려앉았다.

"선우야, 어서 가봐라."

선생님은 무슨 일인가 하는 궁금증을 감춘 채 조금은 측은한 눈빛으로 선우를 재촉했다. 그 재촉에는 괜히 늦어서 더 혼나지 말고 어서 서두르라는 마음이 담겨 있었다. 선우는 교실을 나서서 2층에 있는 학생부를 향해 내려가면서 곰곰 생각을 했다.

'무슨 일이지? 내가 교칙에 어긋나는 잘못을 했던가?'

지난번 등교 때 '겨우 5분 늦었다'라고 투덜대다 걸린 것 말고는 특별히 개고생과 맞닥뜨린 일도 없었다.

'뭐 별일 있겠어?'

아무리 생각해도 잘못한 일이 떠오르지 않자 선우는 그렇게

자위했다. 그러나 마음 한구석의 찝찝한 느낌은 영 지울 길이
없었다.

✦

"거기 앉아."

개고생이 학생부 안쪽에 따로 마련된 방 안으로 선우를 데
리고 들어가더니 턱짓으로 탁자를 가리켰다. 명칭은 그럴듯한
'학생지도실'이었지만, 사실 취조실이나 다름없었다. 더러는
그곳에서 복도 쪽까지 엉덩이에 매질하는 소리가 들리기도 했
다. 그 소리는 마치 공포심을 극대화하는 경계경보와 같았다.

선우가 미적거리며 마지못한 듯 의자에 앉자, 개고생이 볼
펜 하나와 종이 한 장을 선우 앞으로 휙 내던졌다. 탁자 위에
툭 떨어지는 볼펜 소리가 선우의 마음에 칼금을 긋는 것처럼
날카롭게 울렸다.

"사실대로 적어."

개고생은 아무 설명 없이 다짜고짜 적으라는 소리를 낮고
음울하게 내뱉었다. 선우는 도대체 무슨 일인지 어안이 벙벙
해서 손도 대지 않은 채 종잇장을 내려다보았다. 종이에는 '진
술서'라는 제목과 학년, 반, 이름 같은 인적 사항을 적는 난이
있었고, 아랫부분에는 줄이 쳐진 빈칸이 가득했다.

'대체 뭘 적으라는 거야. 무조건 사람 붙들어놓고 네 죄를 알렸다, 이실직고하라, 그렇게 소리치던 조선 시대도 아니고. 다짜고짜 사실대로 적으라니. 뭘 적으라고?'

선우가 난감한 표정으로 멀뚱멀뚱 개고생을 바라보았다. 개고생의 얼굴이 금방이라도 '어라, 이놈 봐라.'라는 말이 튀어나올 것처럼 일그러졌다.

"볼펜 들어."

개고생이 낮고 굵은 목소리를 냈다. 단단히 화가 난 모양이었다. 선우는 마지못해 탁자 위에 놓인 볼펜을 집어 들었다.

"인적 사항부터 적는다, 실시."

개고생이 들고 있던 지시봉으로 진술서를 툭툭 치며 말을 씹듯이 내뱉었다. 선우는 말없이 느릿느릿 인적 사항을 적기 시작했다.

성명 : 정선우
학년, 반, 번호 : 2 - 3 33번

아무리 느릿느릿 적어도 몇 자 안 되는 인적 사항을 쓰는 데는 얼마 걸리지 않았다. 인적 사항을 다 쓴 선우가 다시 멀뚱거리며 개고생을 올려다보았다.

"촛불집회."

개고생이 단호하게 말끝을 맺었다.

'아, 그거였구나.'

선우가 비로소 알겠다는 듯, 제 머리를 볼펜으로 몇 번 툭툭 두드렸다.

"언제 누구와 몇 번 갔는지 사실대로 써."

개고생이 다시 한 번 목소리에 힘을 주며 말했다. 갑자기 선우의 마음속에서 울분 같은 것이 치밀어 올랐다. 학교를 땡땡이친 것도 아니고, 그렇다고 다른 친구를 괴롭히고 폭력을 행사한 것도 아닌데, 내가 왜 이런 조사를 받아야 하나, 그런 반감이 들기도 했다.

"왜요?"

의도하지는 않았지만, 반감 때문인지 불쑥 그런 말이 입 밖으로 튀어나왔다. 선우의 말을 들은 개고생의 눈꼬리가 치켜 올라가며 눈이 가늘어졌다. 화가 단단히 난 표정이었다.

"이 자식이 어디서 말대꾸야!"

개고생이 손에 들고 있던 지시봉을 내려칠 듯 치켜들고 소리를 질렀다. 선우는 반사적으로 손을 들어 머리를 막는 자세를 취했다.

"어쭈, 이놈 봐라. 지금 교사의 지도에 반항하는 거냐?"

개고생의 목소리가 더 높아지기 시작했다.

"그게 아니고요. 학교 끝나고 촛불집회 간 게 왜 문제가 됩니까?"

선우의 당돌한 항의에 개고생은 화가 머리끝까지 치밀었는지 손을 부르르 떨었다. 그 바람에 들고 있는 지시봉도 파르르 흔들렸다. 한참 숨을 고르며 선우를 노려보던 개고생이 마음을 진정시켰는지, 아니면 체벌을 하면 문제가 커질 것이라고 생각했는지 조금은 누그러진 말투로 입을 열었다.

"네가 대들어봤자 너만 손해라는 거 잘 알거야. 인다, 촛불집회에 나가면 나갔지 왜 쓸데없이 인터뷰를 해서 사람 고생을 시켜. 네가 인터뷰한 게 문제가 돼서 조사를 하라는 지시가 내려왔잖아."

그제야 선우는 이게 어떤 사건인지 대충 짐작되었다. 희정이, 연주와 함께 촛불집회에 참석했던 날이었다. 촛불 문화제가 끝나고 거리 행진을 시작할 때였다. 마이크를 든 기자 한 명이 갑자기 희정이에게 다가서더니, 인터뷰를 좀 해달라는 부탁을 했다. 교복을 입고 집회에 참석한 것이 눈에 띄었기 때문이었다. 희정이가 난감한 표정으로 선우와 연주를 번갈아 바라보았다. 겨우 두어 번 집회에, 그것도 선우를 따라 나온 것뿐인데 난데없이 인터뷰를 하자는 말에 당황해서였다.

그런 희정이를 보고 선우가 나섰다.

"제가 할게요."

자진해서 나서는 선우를 보고 기자가 웃으며 마이크를 들이

댔다. '광우병에 대해서 잘 알고 있느냐? 어디서 광우병에 대한 정보를 들었느냐? 친구들은 어떤 생각을 하고 있느냐?' 그런 질문이 이어졌고, 선우는 자신이 아는 대로 성심성의껏 인터뷰에 응했다.

"어느 학교 학생들이에요? 이름은?"

선우가 미적거리자, 기자가 웃었다.

"걱정하지 말아요. 학교 이름은 방송에 내보내지 않으니까."

선우가 학교 이름을 대자 기자는 그 학교가 어느 구에 있는 학교인지 물었고, 인터뷰는 끝났다. 그리고 그 일을 까맣게 잊고 있었다. 그런데 그다음 날 주위의 몇몇 친구들이 선우를 찾아와 물었다.

"너 촛불집회 나갔냐?"

"자식, 스타 됐네. 텔레비전에도 나오고. 출연료는 받았냐?"

방송에 인터뷰한 것이 나왔다는 거였다. 학교 이름은 나오지 않았지만, 동대문구의 'ㅊ고등학교 2학년 정선우'라고 이름까지 자막으로 나왔으니, 아는 사람은 다 알 거라고도 했다.

그래도 학교 이름이 나오지 않았다니 별일 있으랴, 하고 생각하며 그 일은 선우의 머릿속에서 잊혔다. 그런데 보름도 더 지난 지금에 와서 문제를 삼는 건 어떻게 된 일인가? 선우는 다시 한 번 볼펜으로 머리를 톡톡 쳤다.

"자, 그러지 말고 사실대로 쓰기만 해라. 그렇다고 너를 징계하겠다는 것은 아니고 교육청에서 사실을 파악하라는 전화가 있었으니까, 그냥 지도 차원이라고 생각하고 써."

이번에는 개고생이 사정 조로 선우를 설득하기 시작했다.

선우는 개고성의 말을 들으며 머릿속으로 곰곰 생각을 했다. 어디까지 써야 하나, 희정이와 연주 이야기는 빼야겠지, 딱 한 번 촛불집회에 나갔다고 할까, 한 번은 너무 빤한 거짓말 같으니 서너 번이라고 할까…….

개고생은 그런 선우를 말없이 바라보았다. 부글부글 끓는 울화를 진정시키며, 어떻게든 사실 확인을 해야겠다는 의지를 다지고 있는 것 같은 표정이었다. 선우가 천천히 볼펜을 들고 진술서에 글씨를 써나가기 시작했다. 그제야 일이 제대로 풀린다고 생각했는지, 개고생이 툭 한마디 던지고 학생지도실에서 나갔다.

"사실대로 진실하게 써라."

지난 5월 말쯤이었습니다. 우연히 교보문고에 책을 사러 갔다가 광화문 촛불집회에 참석하게 되었습니다. 그 후로 몇 번 촛불집회에 나간 적은 있습니다. 텔레비전에 나오게 된 것은, 가두 행진 때 방송국 기자가 갑자기 와서 얘기를 해달라고 해서 한 것뿐입니다. 이렇게 일이 커질 것이라고 생각하지 않고 했습니다. 앞으로는 조심하겠습니다.

선우는 적당히 사실을 감추고 두루뭉수리로 쓴 진술서를 보며 잠시 호흡을 가다듬었다.

'분명히 꼬투리를 잡아 다시 쓰게 할 게 뻔해. 그러면 어떻게 발뺌을 하지? 촛불집회에 참석하는 다른 학교 친구들까지 대라고 하면 어떻게 할까? 희정이만 이야기하는 정도로 끝낼까? 연주까지 얘기하면 문제가 커질지 몰라. 연주는 우리나라 학생도 아닌데…….'

그때 학생지도실 문이 벌컥 열렸다.

"다 썼지?"

개고생이 다가와 진술서를 휙 집어 들더니, 한눈에 훑어보고는 버럭 소리를 질렀다.

"이걸 진술서라고 썼어? 누구랑 갔는지, 구체적으로 무슨 말을 했는지, 전혀 나타나 있지 않잖아!"

그 소리가 지도실 안에 쩌렁쩌렁 울렸다.

"이 자식, 봐주려고 해도 도대체 말을 들어먹지 않네."

개고생은 소리를 지르다가 혼잣말처럼 말하며 선우를 째려보았다. 개고생의 눈꼬리가 점점 올라가기 시작했다.

"그래서 결국 진술서를 다시 썼니?"

희정이와 연주가 궁금한 표정으로 선우의 얼굴을 빤히 쳐다보았다.

"다시 쓰긴. 더 쓸 게 없다고 버텼지, 뭐. 내가 교칙을 위반한 것도 아니고, 죽을죄를 지은 것도 아닌데. 그런 생각이 들더라. 그래서 악착같이 버티기로 했지."

선우가 빙글빙글 웃으며 아무것도 아니라는 투로 대답했다.

"학생부에서 또 부르지는 않고?"

"지금까지는. 몰라, 다음 주에 또 부를지. 자꾸 누구랑 같이 갔느냐고 묻는데, 너희 얘기는 하지 않았어."

선우가 안심하라는 듯, 부드러운 눈길로 희정이와 연주를 번갈아 바라보았다.

"정말 너를 징계하려고 하는 걸까?"

희정이가 걱정스러운 말투로 물었다.

"그렇지는 않은 것 같아. 요즘 세상에 그런 일로 징계까지야 하겠어? 그냥 겁주는 거겠지."

"그래도 학교 명예 실추다 뭐다 하면서 징계하겠다고 하는 건 아닐까?"

희정이의 마음속에는 여전히 미심쩍은 생각이 가득했다.

"이동호 선생님 있지?"

선우가 갑자기 엉뚱한 선생님 이름을 꺼냈다.

"아, 윤리 선생님."

연주가 얼른 알은체를 했다. 이동호 선생님은 학생부 선생님치고는 드물게 아이들 입장에서 모든 것을 생각해주는 선생님이었다.

"그래. 선생님 말이, 교육청에서 조사하라는 공문이 온 게 아니래. 전화로 이런 일이 있으니 알아서 학교 차원에서 지도하라는 거였대."

선우가 윤리 선생님에게서 들은 말을 전해주었다.

"그럼 그냥 넘길 수도 있는 걸 개고생이 찔러본 거로구나."

희정이가 알겠다며 고개를 끄덕였다.

"아마 곧 가정통신문도 배포될 거라던데. 촛불집회 같은 데 자녀들이 참여하지 않도록 가정에서도 지도하라는 내용으로."

말을 하며 선우는 시선을 돌려 차창 밖을 바라보았다. 거리에는 벌써 팔이 짧은 여름옷을 입고 다니는 사람들이 많아졌다. 가로수들은 이제 무성한 그늘을 세상에 드리울 채비를 하느라 뜨거운 햇살 아래서 파르르 떨고 있었다.

별일이야 있으려고, 하는 생각이 들었지만 마음 한편으로는 정말 이렇게만 끝나지 않는 건 아닌가 하는 의심도 들었다. 안심과 두려움이 뒤섞인 선우의 눈에 차창 밖의 싱그러운 초록의 나무들이 더 눈부셨다. 선우는 그런 속마음을 지우기라도 하려는 듯, 음료수 잔을 들어 벌컥벌컥 들이켰다.

"아, 이런 날에는 바다에 가 풍덩 빠졌으면 좋겠다. 참, 몽골에는 바다가 없지?"

희정이가 이마에 난 땀을 손수건으로 톡톡 닦아내다가 갑자기 바다 타령을 했다.

"바다? 있기도 하고 없기도 해."

난데없는 바다 이야기에 잠시 멍하니 희정이를 바라브던 연주가 배시시 웃으며 대답했다.

"그게 무슨 말이냐? 있는 것도 아니고 없는 것도 아니고, 무슨 같기도냐?"

연주가 빙그레 웃으며 알쏭달쏭한 대답을 하자, 앞자리의 선우가 몸을 뒤로 돌리며 한마디 했다.

"농담이 아니야. 정말 바다가 있기도 하고 없기도 하거든."

자신의 말을 농담으로 받아들인 선우와 희정이가 답답했는지, 연주는 얼굴이 발개지며 손사래를 쳤고 설명을 덧붙였다.

"내가 살던 몽골에는 아주아주 큰 호수가 있어. 그 호수 이름이 흡스골이야. 그래서 그곳을 흡스골 아이막이라고 불러."

"아이막? 그게 뭔데?"

희정이가 난생 처음 듣는 말에 눈을 똥그랗게 뜨고 물었다. 선우도 연주의 말에 귀를 기울였다.

"아이막은 한국으로 치면 도라고 할 수 있는 행정 구역이야. 경기도, 강원도 하는 그 도 말이야."

그제야 알겠다는 듯 희정이가 고개를 끄덕였다.

"호수가 얼마나 크면 호수 이름을 도 이름으로 삼았을까?"

선우가 혼잣말처럼 중얼거렸다.

"흡스골은 우리 몽골에서 두 번째로 큰 호수고 세계에서는 열네 번째로 큰 호수야. 제주도보다 한 배 반 정도 되는 크기지. 놀랍지?"

제주도의 한 배 반이나 된다니, 도대체 짐작이 되지 않을 만큼 큰 호수구나 하는 생각에 희정이는 어안이 벙벙해졌다.

"흡스골 호수로 들어오는 물줄기는 모두 아흔아홉 개거든. 그런데 흘러 나가는 물은 에크인골 하나 뿐이야. 그래서 호수가 크고 넓게 형성된 거라고 할 수 있지. 에크인골이 한 400킬로미터 정도 흘러가면 바이칼 호수를 만나게 돼. 그러니 흡스골은 바이칼 호수의 원류나 마찬가지야. 우리 몽골 사람들은 흡스골을 어머니의 바다라고 부르거든. 그러니 몽골에는 바다가 없지만 바다가 있기도 한 거야."

이야기를 마친 연주는 마치 자신이 흡스골 호숫가에 서 있는 것처럼 아련한 눈빛으로 창밖을 바라보았다. 창밖으로 투명한 햇살이 흘러가고 있었다.

"그래도 파도치는 바다는 본 적 없지?"

"파도? 흡스골 호수에도 파도는 치거든요. 파도치는 흡스골 호수가 바로 나, 연주의 고향이랍니다. 후훗."

희정이의 질문을 연주가 농담으로 받는 바람에 희정이와 선우가 동시에 웃음을 터트렸다. 세 친구의 목소리는 창밖에 펼쳐진 신록의 푸름보다 더 싱그러웠다.

MP 3

"이 MP3 디자인 죽이네. 얼마 주고 샀어?"

평소 별로 친하지도 않던 성은이가 갑자기 다가와 말을 붙이는 바람에 연주는 눈만 끔뻑끔뻑하고 있었다. 성은이는 희정이네 반 주미와 어울려 다니는 아이였다. 희정이와 주미의 사이가 좋지 않았고, 당연히 연주와 성은이도 서먹서먹했다. 그래서 평소에는 서로 소 닭 보듯 하는 사이였다.

"얘, 몽골에는 이런 거 없지? 하긴 몽골같이 후진 나라에 이렇게 끝내주는 게 있기나 하겠어?"

성은이가 비웃는 표정을 지었다.

연주가 처음 한국에 와서 가장 자주 들은 말 중의 하나가 '몽골에는 이런 거 없지?'였다. 대개의 아이들은 몽골이라고 하면 텔레비전조차 없는 이상한 나라라고 생각하곤 했다. 처음에는 어이가 없기도 하고 화가 나기도 해서 바락바락 소리를 지르곤 했었다.

"우리나라에도 이런 것 있거든!"

"에, 후진국에 있을 리가 없잖아. 얼레리꼴레리~ 너희 나라에는 컬러텔레비전도 안 나오지? 천막집에서 살지?"

아니라고 대들고 말다툼을 하다 결국은 머리끄덩이를 잡고 싸우기도 했는데, 싸움이 벌어지면 한국 아이들은 꼭 그 한마디를 던져 연주를 쓰러트리곤 했다.

"네 나라로 가!"

고등학교에 와서 한동안 듣지 못하던 말을 성은이에게 듣자 연주는 자기도 모르게 피식 웃음이 나왔다.

"어쭈, 우습다 이거지? 도대체 얼마 주고 이걸 샀느냐고?"

자꾸 가격을 묻는 것이 수상하긴 했지만, 연주는 대답하지 않으면 또 해코지를 당할 것 같아 사실을 털어놓았다.

"내 거 아니야. 옆 반 희정이가 잠시 빌려준 거야."

연주의 말에 성은이가 그러면 그렇지 하는 표정으로 홱 고개를 돌려 교실 밖으로 가버렸다. 연주는 성은이가 '네 주제에 MP3를 살 수나 있겠어? 그럴 줄 알았다.'라고 생각한 거라고 짐작하고는 조금 화가 났지만 이내 기억에서 지워버렸다. 한두 번 당한 일이 아니라 이제는 만성이 돼가나 보다, 하는 생각이 들기도 했다.

　　　　　　　　　◢

　"수상해."

　점심시간이었다. 공주로 의자에 앉아 있던 성은이가 벌떡 일어나며 중얼거렸다.

　"뭐가?"

　MP3를 잃어버린 바람에 기분이 잔뜩 상해 있던 주미가 퉁명스럽게 물었다.

　"우리 반에 연주라고 있지."

　"아, 몽골인지 어딘지 후진 나라에서 왔다는 애?"

　주미가 비웃음 가득한 표정으로 말했다. 주미에게 보기만 해도 기분이 나빠지는 애가 연주였다. 외국인인 주제에 우리나라 사람과 똑같이 생긴 것도 기분 나빴고, 우리말을 우리나라 사람만큼 잘하는 것도 기분 나빴다. 무엇보다도 가장 기분 나쁜 것은, 자기가 제일 싫어하는 희정이와 친하다는 거였다. 아니, 선우하고까지 친하게 지내는 것 같아 더 기분이 나빴다.

　"걔가 네가 잃어버린 MP3하고 똑같은 걸 가지고 있더라고."

　"그으래? 걔가 비싼 MP3를 살 만큼 잘사나? 그거 인터넷까지 되는 건데."

부모가 외국인 노동자라던데 무슨 돈으로 인터넷에 어플 기능까지 있는 MP3를 샀을까, 하는 의구심이 들어 주미가 눈을 동그랗게 떴다.

"아니, 자기 게 아니고 희정이 거라고 하던데."

"뭐? 정희정?"

주미가 깜짝 놀라 앉아 있던 자리에서 벌떡 일어났다.

"응. 희정이가 잠시 빌려준 거래. 그런데 네 것하고 똑같은 상표였어."

"정말? 정말 정희정이 빌려줬다고 했어?"

"그렇다니까. 하긴 가장 많이 팔리는 게 그 상표니까, 뭐."

성은이가 그럴 수도 있다는 투로 말했다.

"내 거에는 MP3 뒤에 하트 모양 스티커를 붙여놨는데."

"그래? 그건 확인 안 했는데. 한 번 보자고 할까?"

희정이의 말에 성은이가 의심스럽다는 표정을 지었다.

"정말 정희정이 빌려줬다고 했단 말이지."

주미도 고개를 갸웃거렸다. 그때 5교시 시작종이 길게 울렸다.

"너 옆 반 연주한테 MP3 빌려준 적 있어?"

5교시가 끝나자 아이들이 우르르 교실 밖으로 달려 나갔다.

6교시가 이동 수업이라 빨리 가야 앞자리를 차지할 수 있기 때문이었다. 희정이가 지리책과 지리부도를 챙기고 막 자리에서 일어났을 때, 주미가 희정이에게 다가와 시비조로 말을 건넸다. 남이야 MP3를 빌려주든 핸드폰을 빌려주든 네가 무슨 상관이냐는 말이 입 밖으로 나오려는 것을 얼른 삼키며, 희정이가 고개를 끄덕였다.

"그거 어디서 났는데?"

'어디서 나다니? 내가 MP3 만드는 사람도 아니고, 그렇다고 길거리에서 주운 것도 아닐 텐데 별걸 다 묻네.'

"어디서? 당연히 샀지."

"어디서 얼마 주고?"

"그걸 내가 왜 너한테 얘기해야 하는데?"

주미가 꼬치꼬치 캐묻는 것에 마음이 상한 희정이는 고개를 돌리며 무시하듯 말했다.

"그으래?"

주미는 말끝을 길게 늘이며 뭔가 미심쩍다는 투로 잠시 희정이를 노려보다가 뭔가 할 일이 생각났는지 교실 밖으로 급히 달려 나갔다.

희정이는 주미를 보면 주는 것 없이 미운 애라는 생각이 들곤 했다. 부잣집 아이답게 값비싼 물건들로 치장을 하고 다녔지만, 성격은 영 치장할 줄 모르는 애라는 느낌도 들었다.

'요즘 선우랑 가까이 지내니까 나를 더 미워하는 것 같아. 사사건건 트집이나 잡으려 들고 말이야. 또 무슨 꿍꿍이가 있어 그런 말을 한 걸까?'

희정이는 그런 생각을 잊으려 머리를 홰홰 휘젓고는 이동 교실을 향해 잰걸음을 옮겼다.

연주네 반의 6교시는 체육이었다. 반 아이들이 모두 부산하게 체육복으로 갈아입고 운동장으로 나가자, 교실에는 연주 혼자 남아 있었다. 주번이라 교실 문을 잠가야 했기 때문에 마지막으로 교실을 나섰다.

'이제 다 나갔나?'

열쇠가 매달린 출석부를 챙겨 들고 막 교실 문을 나서려고 하는 순간 성은이가 갑자기 뛰어 들어왔다.

"왜? 뭐 잊어버린 거 있니?"

성은이는 연주의 물음에 대답도 없이 다짜고짜 연주를 끌고 교실 안으로 들어갔다.

"왜 이래?"

연주가 몸을 비틀며 손을 뿌리치자 성은이가 낮은 목소리로 입을 열었다.

"아까 네가 가지고 있던 MP3 좀 보여줘."

"싫어."

난데없는 MP3 타령에 화가 난 연주가 단호한 표정을 지었다.

"보여달라니까."

성은이가 목소리를 더 낮게 깔며 위협적으로 말했다.

"왜? 왜 보여줘야 하는데?"

"그럴 일이 있어. 넌 그냥 보여주기만 하면 돼."

성은이는 한 발짝도 물러날 기세가 아니었다.

"싫어. 지금 희정이한테 갖다 주고 운동장 나갈 거야."

연주는 MP3가 든 체육복 바지 주머니를 움켜쥐며 도리질을
쳤다.

"금방 보고 준다니까."

성은이는 연주의 손목을 잡아 비틀고, 잽싸게 주머니 속에
들어 있던 MP3를 꺼냈다. 성은이의 덩치는 연주의 배는 될 정
도로 컸을 뿐만 아니라 학교에서 둘째가라면 서러울 정도로
힘이 센 아이였다. 연주는 도저히 힘으로는 성은이를 당해낼
재간이 없어 어이없는 표정을 지으며 바라볼 수밖에 없었다.

성은이는 한동안 MP3를 이리 뒤집어 보고 저리 뒤집어 보
며 샅샅이 살펴보더니 연주의 손에 던지듯 건네주고 뒤도 돌
아보지 않고 교실 밖으로 나가버렸다.

'뭐 저런 애가 다 있어?'

화가 머리끝까지 치밀어 올랐지만 연주는 꾹 참았다. 대들고 싸워봤자 힘으로는 상대가 안 될 테고, 또 못사는 나라 출신이니 네 나라로 가라느니 하며 험한 소리를 들을 게 불을 보듯 뻔했기 때문이었다.

◊

곧 종례 시간이었다. 7교시 영어 선생님이 나가고, 수업과 종례 사이의 짧은 휴식 시간에도 아이들의 즐거움은 결코 식을 줄 몰랐다. 보충 수업을 빙자한 특기적성이 있든 야간 자율학습이 있든, 지겨운 정규 수업이라는 정식 하루 일과가 끝났다는 안도감이 아이들의 수다를 더 부추겼다. 그 잠시의 수다는 교실 문이 열리고, 담임 선생님이 들어올 때까지 이어졌다.

미닫이문이 드르륵 열리는 소리를 들으며 희정이는 피식 웃었다. 중학교 때 국어 선생님이 해주신 이야기가 기억나서였다.

'미닫이를 소리 나는 대로 쓰시오'라는 문제에 어느 학생이 '드르륵'이라는 답을 썼다는 이야기였는데, 교실 문이 열릴 때마다 희정이는 자꾸 그 이야기가 떠올라 웃음을 짓곤 했다.

교실로 들어선 담임 선생님의 얼굴은 평소와 조금 달랐다. 다른 때도 늘 얼굴 가득 신경질이 배어 있곤 했지만, 오늘은 신경질에 극도의 화가 곁들여 있는 것처럼 담임 선생님의 표정이 굳고 매서웠다. 담임 선생님의 표정을 본 희정이는 얼른 웃음을 거두었다. 다른 아이들도 그런 낌새를 눈치챘는지, 소란하던 교실이 일순간에 쥐 죽은 듯 조용해졌다.

그때 교실 뒤 창가 쪽에서 소곤대는 소리가 정적을 뚫고 들려왔다. 눈치 없는 아이 둘이 이야기를 끊지 못하고 이어갔던 것인데, 갑자기 조용해져서 그 소리가 더 크게 들린 것이다.

"누가 쥐새끼처럼 숨어서 소곤거려?"

담임 선생님이 눈꼬리를 길게 찢으며 출석부를 교탁에 탕 내리쳤다. 그 바람에 소곤거리던 아이 둘이 어깨를 움츠리고 책상 속으로 파고들 것처럼 고개를 숙였다.

"수업이 끝나면 조용히 책가방 정리하고 자리에 앉아서 기다려야 할 것 아냐? 쥐새끼처럼 몰래 숨어서 찍찍거리면서 교실을 시끄럽게 할 생각이나 하고……."

담임 선생님이 말을 맺지 않고 눈으로 교실을 한 바퀴 휘둘러보며 숨을 잠시 멈췄다. 오늘은 또 무슨 잔소리로 히스테리를 부릴까 하는 두려움이 희정이의 마음속에 일어났다.

"오늘 우리 반에서 아주 불미스러운 일이 일어났다."

불미스러운 일이라는 말에 아이들의 눈이 모두 동그래졌다. 그런 아이들의 표정을 한 치라도 놓치지 않겠다는 듯, 담임 선생님은 교실 여기저기를 날카로운 눈으로 훑어보았다.

"주미가 MP3를 도둑맞았다. 3교시 체육 시간 마치고 들어

와보니 가방에 넣어두었던 것이 없어졌다고 한다. 학급은 같이 생활하는 공동의 공간인데, 도둑을 맞았다는 것은 있을 수 없는 일이다. 물론 나는 우리 반 아이가 도둑질을 했다고 믿고 싶지는 않다. 하지만 혹시 우리 반 아이가 그랬을 수도 있지 않나 하는 의심도 없지 않다. 견물생심이라고 물건을 보자 순간적으로 욕심이 나서 그랬다면, 내일 아침까지 내 책상에 몰래 갖다 놓으면 좋겠다. 이런 일이 벌어져 슬프고 안타깝다."

담임은 말을 마치자 평소 같으면 청소를 깨끗이 하라느니 학생의 본분은 공부이니 열심히 공부하라느니 하는 아이들이 듣기에 잔소리 같은 이야기를 하나도 늘어놓지 않은 채 교실 문을 나가버렸다.

담임이 나가고 나자 아이들이 수런거리기 시작했다.

"야, 주미야. 너 혹시 다른 데 두고 잃어버렸다고 하는 거 아니니?"

목소리가 걸걸해 남자 같다는 말을 자주 듣는 윤지가 주미를 보며 소리쳤다.

"얘, 내가 찾아보지도 않고 잃어버렸다고 할 것 같아?"

주미가 강하게 고개를 가로저었다.

"체육 시간에 누가 교실 문 잠갔어?"

"주번이겠지."

"이번 주 주번이 누군데?"

아이들이 저마다 한마디 내뱉었다.

"이번 주 주번은 주해리하고 정희정인데."

아이들의 시선이 모두 해리와 희정이에게 집중되었다.

"나는 문 안 잠갔어."

해리가 자신은 결백하다는 듯 두 손을 가로저으며 말했다.

"내가 잠갔는데……. 옆 반 연주가 와서 이야기 좀 하느라 늦게 나갔거든. 연주하고 같이 문 잠그고 나갔어."

"그때 우리 교실에 들어온 애 아무도 없었어?"

희정이의 말에 윤지가 물었다.

"응."

"창문은 다 잠겨 있었니?"

윤지가 다시 물었다.

"창문? 확인하지는 않았는데."

윤지가 수사관처럼 묻고 희정이가 대답을 하는 모습을 지켜보던 아이들이 주섬주섬 책가방을 챙기며 자리에서 일어났다.

"특적 시간 다 됐어."

"가자. 누가 창문으로 들어와서 훔쳐 갔나 보지."

"이러고 있는다고 뾰족한 수가 생기는 것도 아니잖아."

그런 말들을 남기고 모두 교실을 빠져나갔다.

'하필 내가 주번인 날 잃어버릴 게 뭐야. 괜히 내가 의심받는 것 같잖아. 주미 쟤는 자기 물건 하나 제대로 간수 못 하나?

그렇게 귀중한 거면 사물함에 넣고 잠그던지, 다른 반 친구에게 맡겨놓으면 되잖아.'

　그런 희정이의 속마음을 눈치채기라도 했는지, 주미가 가방을 챙겨 들더니 희정이를 흘낏 째려보고 아무 말도 없이 교실을 나가버렸다.

　"우리도 가자. 주번이 뭐 잃어버린 물건까지 책임지란 법은 없잖아."

　해리가 출석부를 들고 희정이의 어깨를 툭 쳤다.

　"응? 그래."

　희정이도 주섬주섬 가방을 챙겨서 교실 문을 나섰다.

　"너희, 나 좀 봐."

　희정이와 연즈가 막 고문을 나서려는데, 마치 숨어 있었던 것처럼 담 모퉁이에서 주미와 성은이가 불쑥 튀어나왔다.

　"어머?"

　"깜짝이야."

　희정이와 연주의 입에서 동시에 그런 말이 흘러나왔다.

　"왜? 뭐 찔리는 구석이라도 있나 봐? 그렇게 놀라는 걸 보니……."

성은이가 이죽거리며 앞으로 나섰다. 그 바람에 뒤에 서게 된 주미는 성은이의 큰 몸집에 가려져 잘 보이지도 않을 정도였다.

"왜? 무슨 일인데?"

희정이가 성은이를 바라보며 물었다.

"아까 연주한테 빌려줬던 MP3 내놔봐."

커다란 몸집다운 강압적인 말투였다.

"왜? 내 걸 왜 보여줘야 하는데?"

희정이가 코웃음을 쳤다.

"아까 보니까 주미가 잃어버린 것하고 똑같던데. 한 번 확인해봐야겠어."

성은이가 앞으로 한 발 나서며 손을 내밀었다.

"내 거에는 뒤에 하트 스티커가 붙어 있었어."

주미가 희정이의 얼굴을 노려보며 말했다.

"네 거 아냐. 엊그제 대학로에 가서 샀어. 내가 사는 걸 직접 봤다고."

연주가 증인을 섰지만, 주미와 성은이는 좀체 믿을 기색이 아니었다.

"흥, 아까 내가 자세히 봤어. MP3 뒤에 스티커 뗀 자국이 있더라고."

성은이가 확실한 물증을 잡았다는 듯 단호한 목소리로 당당히 말했다.

"너, 집도 망했다며. 그런데 그런 최고급 MP3 살 돈이 어디서 났어?"

주미도 틀림없다는 듯, 희정이를 뚫어져라 노려보았다.

희정이의 눈이 붉게 충혈되더니, 눈물이 글썽글썽해졌다. 억울한 마음이 머리끝까지 차올랐다.

'집이 망한 이야기는 어디서 듣고 와서 그걸 약점 삼아 괴롭혀? 주미 쟤는 정말 나쁜 애야. 자기네 집이 잘살면 얼마나 잘산다고.'

희정이가 분해서 발을 동동 구르고 있는 사이, 성은이가 앞으로 나서서 희정이의 치마 주머니에 손을 들이밀었다. 얼른 한 발 뒤로 물러선 희정이는 더 붉으락푸르락해져서 부들부들 떨기까지 했다.

"어, 어떻게 나, 나를 도둑 취급해? 어떻게 그럴 수가……."

"왜 말을 더듬어? 아무래도 찔리나 보지?"

희정이가 말을 채 맺지 못하자, 성은이의 한쪽 입꼬리에 긴 비웃음이 번졌다.

"너희 정말 나빠. 함부로 남 의심이나 하고."

연주가 희정이 앞을 막아서며 성은이와 주미에게 대들었다.

"흥. 너는 빠져. 몽골 주제에 어디 남의 일에 나서?"

성은이가 커다란 손바닥으로 연주를 툭 밀었다. 그 바람에 연주는 비틀거리며 몇 걸음 뒤로 밀려났다.

"야, 몽골. 너도 혹시 공범 아냐? 그래, 그렇지. MP3는 갖고 싶고, 살 돈은 없으니 같이 모의한 것 아니냐고? 너희 아버지 불법 체류자지? 공장에서 일한다며? 자기 나라에서 살지 왜 남의 나라에 와서 난리야? 하긴 너도 MP3 갖고 싶었겠지. 못사는 나라에서는 보지도 못했던 걸 테니까. 정희정, 너는 저따위 못난 몽골 애하고 어울리면서……."

주미가 말을 채 끝내기도 전에 희정이의 날카로운 말대답이 폭포수처럼 쏟아졌다.

"그래! 연주도 못살고, 나도 못산다. 못살면 MP3 갖지 말란 법 있냐? 연주 엄마 아빠가 너한테 밥을 달랬냐, 떡을 달랬냐? 외국인 노동자가 죄졌냐? 너처럼 인간을 편 갈라 보는 애들 때문에 우리나라가 욕먹는 거야. 자기만 알고 남은 생각할 줄 모르는 순 이기적인 애 같으니라고. 남을 도둑 취급하는 것도 모자라 남의 부모까지 우습게 아는 너 같은 애는 구제 불능이야!"

갑자기 쇳소리를 내며 퍼부어대는 희정이의 말에 잠시 어리둥절해 있던 주미가 피식 웃었다.

"뭐? 외국인 노동자가 죄졌냐고? 불법 체류자면 죄지은 거지. 남의 MP3를 훔쳐 간 게 죄인 줄 모르니까 외국인 노동자가 죄인지도 모르지."

"죄? 일해서 돈 버는 게 죄야? 너처럼 남에게 덮어씌우는 게 진짜 죄지!"

연주가 목에 핏대를 세웠다.

"아이고, 요걸 그냥……."

성은이가 주먹을 치켜들고 연주를 때리는 시늉을 하며 을러
댔다.

"너희 왜 그래?"

갑자기 우렁우렁한 목소리가 들려왔다. 그 바람에 티격태격
하던 넷은 동시에 소리가 나는 쪽으로 고개를 돌렸다.

선우였다.

"왜 싸우는데?"

선우의 물음에 희정이와 주미의 얼굴이 동시에 빨갛게 물들
었다. 희정이의 눈가에는 눈물이 글썽글썽했다.

"네가 참견할 일 아냐."

"그러니까 무슨 일이냐고?"

성은이는 별일 아니라는 투로 말했지만, 이미 뭔가 심각한
일이 벌어지고 있음을 눈치챈 선우는 물러서지 않았다.

"주미가 오늘 MP3를 잃어버렸거든."

할 수 없다는 듯, 성은이가 입을 열었다.

"그 MP3를 내가 훔쳐 갔다는 거야, 자기 MP3가 내 거하고
같은 상표라고."

말을 하다 보니 더 억울해졌는지 희정이의 눈에서 주먹만

한 눈물이 툭툭 떨어졌다.

"세상에, 같은 상표가 어디 한둘이냐?"

선우가 어이없다는 표정을 지었다.

"그게 아냐. 체육 시간에 없어졌는데 얘가 주번이라 제일 늦게 교실에서 나왔거든. 얘가 갖고 있는 MP3에 스티커 뗀 자국도 있어. 내 거에 하트 스티커가 붙어 있었단 말이야."

범인이 분명하다는 듯, 주미의 말투에는 확신 같은 것이 배어 있었다. 하지만 주미의 말을 들은 선우가 피식 웃었다.

"내가 이걸 구구절절 설명해야 하나?"

선우가 혼잣말처럼 중얼거리더니 입을 열었다.

"그 MP3, 아이팟 터치지?"

선우가 상표 이름을 정확히 대는 바람에 주미도 성은이도 깜짝 놀라 선우의 입만 바라보았다.

"희정아, 다 얘기해도 괜찮겠지?"

선우는 희정이의 동의를 구한 뒤 주미와 성은이를 바라보며 진지하게 말을 꺼냈다.

"희정이 MP3, 그저께 나랑 연주랑 셋이 대학로에 가서 직접 산 거야. 지난번에 희정이가 보름 동안 패스트푸드점에서 알바해서 그동안 조금씩 모은 돈이랑 아껴둔 용돈하고 합쳐서 샀어. 희정이는 나중에 애니메이션 작가가 되고 싶어해서, MP3에 만화 캐릭터 이미지하고 애니메이션 다운받아 가지고 다니면서 공부한다고 무리해서 산 거고. 가난하다고 꿈을 가지지 말란 법이 있겠냐. 그리고 스티커 자국 그건, 희정이도 MP3 뒤에 스티커를 붙였었어. 저번에 셋이서 애니메이션 페어에 갔었는데, 거기서 산 둘리 스티커. 둘리는 연주가 제일 좋아하는 캐릭터라고 해서 일부러 사 붙였거든. 그게 떨어진 자리겠지. 색안경 끼고 보면 다 의심스러워. 희정이네 집이 돈 좀 없고 연주가 외국인 노동자 딸이라고 무시하면, 너희도 너희보다 형편이 좋은 누군가한테 똑같이 당할걸? 안 그래?"

말을 마치고 난 선우가 길게 숨을 쉬었다.

"그으래? 알았어. 선우 너랑 같이 가서 샀다니 믿긴 하겠지만……."

주미는 여전히 의심의 눈길을 지우지 않은 채 희정이를 힐끗 째려보고는 선우를 향해 고개를 끄덕였다.

"가자. 그래도 저 몽골 애는 영 마음에 안 들어."

성은이가 주미의 팔을 잡아끌었다. 주미는 선우를 타라보며 무슨 말인가를 하려다가 그냥 돌아서 가버렸다.

'셋이서 그렇게 어울려 다닌단 말이지. 같이 애니메이션 페어에도 가고, 대학로에 물건도 사러 다닌다고? 나한테는 그렇게 냉정하게 굴면서, 어떻게 그럴 수가 있어? 언젠간 후회하게 될 거야.'

주미는 마음속으로만 그런 말을 하며 입을 굳게 다물었다.

"쟤들 짓이 아닌가?"

성은이는 주미의 속도 모른 채 고개를 갸웃거렸다.

음모

"연주, 너도?"

학생부 문 앞에서 연주와 맞닥뜨린 희정이가 깜짝 놀라 걸음을 멈췄다.

"응. 너도 불렀니?"

연주도 희정이를 보자 반가움 반 놀라움 반으로 손을 내밀었다. 내민 손을 잡으며 희정이가 고개를 갸웃했다.

"무슨 일 때문에 부른 거지?"

"혹시 MP3 때문인가?"

짚이는 구석이라곤 그것밖에 없었기에 연주가 혼잣말처럼 중얼거렸다.

"그런가?"

희정이도 그럴지 모르겠다는 생각으로 얼굴이 어두워졌다. 또 자신의 결백을 구구절절이 설명해야 하고, 그러면 알바했던 얘기며 셋이서 MP3를 사러 대학로에 갔던 이야기 등 모든 것을 털어놓아야 할 게 뻔했다. 게다가 셋이서 몰려다녔다는 것만으로도 학생부장은 의심의 눈초리를 지우지 않을 것이다.

희정이는 학생부실 문을 열기 전에 고개를 들어 팻말을 잠시 바라보았다. '생활지도부실'이라는 글씨가 마치 돌덩이처럼 자신을 짓누르는 것 같았다.

"생활지도부? 학생부 아냐?"

희정이의 시선을 따라 팻말을 보던 연주가 새삼 새로운 사실을 발견했다는 투로 물었다. 정식 명칭은 생활지도부였지만, 아이들은 대개 그곳을 학생부라고 불렀다. 학생부장도 생활지도부장이 정식 명칭이었지만 학생부장, 아니 학생주임을 줄인 말인 '학주'로 불렸다. 이름이 바뀌어도 여전히 그 속이 바뀌지 않았다는 것을 아이들은 눈치 빠르게 알고 있었다.

"뭐, 둘 다 돼."

희정이는 설명하기도 힘들다는 듯 맥이 빠져 그렇게 대답하며 천천히 학생부실 문을 열었다.

"어? 너희 웬일이니?"

문에서 가장 가까운 자리에 있던 이동호 선생님이 문 열리는 소리에 고개를 들며 물었다. 언제나 인자한 웃음을 입가에 달고 다니는, 그래서 학생부 선생님 중에서는 유일하게 아이들과 가까운 분이었다.

윤리 시간, 한 친구가 고개를 갸웃거리며 물은 적이 있었다.

"선생님은 학생부 선생님 같지 않아요. 교문 지도 하실 때 보면 아이들을 적발하지 않으시고 웃으며 맞아주시잖아요. 왜 그러시는 거예요?"

"아침부터 기분 나쁘게 교문에 들어서면 하루 종일 공부가 제대로 되겠니? 그러지 않아도 재미없는 학교인데, 기분이라도 좋게 시작해야지."

그렇게 웃으며 설명을 해주었는데, 그 말만으로도 아이들은 행복해지는 것 같았다. 이동호 선생님이 교문 지도를 하는 날이면 아이들은 괜히 기분이 좋아진다고 했다. 교문에 선 선생님은 항상 웃으며 아이들에게 손을 흔들어주곤 했다. 아이들이 먼저 인사를 하면 반갑게 손을 흔들거나, 이름을 아는 아이에게는 다정하게 말을 건네곤 했다.

"수정아, 어서 와."

"상기야, 좋은 아침!"

그러다가 차라도 들어오는 걸 보면 얼른 나서서 팔을 벌려 아이들을 보호하며 차량 인도를 했다.

"얘들아 위험해. 왼쪽으로 비켜서줘."

혹시라도 아이들이 다칠까 봐 걱정하는 마음이 선생님의 말에 고스란히 담겨 있는 것을 아이들도 직감적으로 느끼곤 했다.

그런 선생님이 제일 먼저 맞아주는 것만으로도 무겁던 마음이 조금은 풀리는 것 같아 희정이와 연주는 가슴을 쓸어내렸다.

"학주, 아니 학생부장님이 부르셔서요."

희정이가 머리카락을 뒤로 넘기며 대답했다. 희정이보다 머리가 긴 연주는 머리 끈을 고쳐 묶으며 희정이 말이 맞다며 고개를 끄덕였다.

"왜 불렀을까? 지금 자리에 안 계시니 잠깐 기다려볼래? 금방 오실 거야."

이동호 선생님은 학주라는 말이 우스웠는지, 빙그레 웃음을 짓고는 다시 고개를 컴퓨터로 돌렸다. 요즘은 선생님들이 수업보다 컴퓨터로 업무 처리하는 시간이 더 많은 것 같다는 생각을 하며 희정이는 학생부실을 휘둘러보았다.

언제 봐도 학생부실은 삭막했다. 벽 구석에는 아이들에게서 뺏은 슬리퍼와 겉옷들이 쓰레기처럼 쌓여 있고, 마치 소중한 보물이라도 되는 것처럼 몽둥이 두어 자루가 에어컨 뒤에 숨어 있었다.

"어? 너희, 밥은 먹었냐?"

막 시선을 거두려는 찰나, 학생부실 문을 열고 이쑤시개로 이를 쑤시며 개고생 학주가 들어섰다.

'웬일로 밥 먹은 것도 챙기시나?'

희정이가 낯설다는 표정을 지었다.

"조사를 받아도 밥은 먹고 받아야지."

학주가 이죽거리는 말투로 두 아이를 훑어보았다. 표정은 한없이 부드러웠지만 속에는 가시가 박혀 있는 것 같은 말투였다.

"자, 앉아라. 몇 가지 물어볼 게 있어서."

학생지도실 문을 열고 들어서자, 학주가 의자를 빼주며 말했다. 희정이와 연주는 마치 큰 죄라도 지은 것처럼 몸을 옹송그리고 의자에 앉았다.

"흠, 연주 너는 몽골에서 왔다며?"

희정이는 이미 알고 있던 걸 새삼스럽게 묻는 학주의 얼굴을 빤히 쳐다보았다. 연주는 몽골에서 온 것이 마치 잘못이기라도 한 것처럼 떨리는 목소리로 대답했다.

"예에."

"흠흠. 그러면 우리 학교에는 정식 학생으로 들어온 건가?"

"예, 그게, 들어올 때……."

'학교에 다니면 학생이지, 정식이라니 그게 무슨 말이야……? 그럼 학생이 정식이 있고 사이비가 있나? 무슨 중요한 말이길래 이렇게 빙빙 돌려 입을 여신담?'

희정이는 학주의 질문에 쩔쩔매는 연주가 답답하고 안타까웠다.

"연주, 너는 그러니까 정식 학생이 아니고 정원 외로 들어온 거다. 그렇지?"

연주가 대답을 못 하고 우물쭈물하자 학주가 단정을 내렸다. 그 말에 연주는 그렇다며 고개를 끄덕였고, 학주는 또 한 마디를 덧붙였다.

"정원 외라면 청강생이란 얘긴데…… 뭐, 그건 그렇고."

학주가 연주를 빤히 바라보다가 갑자기 고개를 돌려 희정이에게 질문을 던졌다.

"거긴 어떻게 가게 된 거냐?"

난데없는 질문에 희정이가 무슨 말이냐는 표정으로 학주를 멀뚱히 바라보았다.

"촛불집횐지 뭔지에 어떻게 갔냐고?"

학주가 빙글빙글 웃으며 물었다. 이미 모든 것을 다 알고 있다는 듯, 그의 웃음은 칼자루를 쥔 것처럼 득의만만했다.

'촛불집회 조사는 선우에게만 하는 거 아니었나? 선우 말로는 그냥 확인 차원이라고 했는데. 그러면 인터뷰한 선우만 확인하면 되는 거 아니야? 우리가 촛불집회에 갔다는 건 알고 있는 눈친데 숨겨봐야 소용없는 거 아닐까?'

머릿속으로 생각을 굴리던 희정이가 입을 열었다.

"우리는 딱 한 번 갔어요. 선우가 가자고 해서 한 번 간 적이 있을 뿐이에요."

어차피 선우는 다 알려졌고 조사도 했으니까 이름을 대도 피해가 더 가지는 않겠지, 하는 생각을 하며 희정이는 변명처럼 대답했다.

"그으래? 정말 한 번만 갔단 말이지. 그날이 언제인데?"

학주가 이번에는 연주를 바라보며 물었다.

"우리 알바비 받은 날이요. 받자마자 잘렸거든요. 시간이 남아서 선우가 가자고 해서 갔어요."

"맞아요. 그날 방송국에서 선우 인터뷰도 했어요. 저한테 해달라는 걸 싫다고 했더니 선우랑 한 거예요."

희정이가 연주의 말에 설명을 덧붙였다.

"정말 한 번뿐이란 말이지?"

"예."

"정말이에요."

학주가 다짐을 받듯 확인을 했고, 희정이와 연주는 사실임을 증명하듯 힘주어 대답을 했다.

"자, 그럼 여기에다 사실대로 한 번 써봐라."

학주가 종이를 희정이와 연주 앞에 내밀며 말했다. 사실 확인서였다. 인적 사항 기록란이 있고, 그 아래에 빈칸이 있는 형식이었다. 제일 아래에 있는 '위에 적은 것은 모두 사실임을 확인합니다. 성명'이라는 글자들이 마치 조금이라도 거짓을 쓰면 벌떡 일어나 눈을 부릅뜰 것같이 진하게 박혀 있었다.

"어떻게 우리가 촛불집회에 나간 걸 알았지?"

"그러게. 선우가 얘기하지는 않았을 텐데 말이야."

가방을 메고 교문을 향해 걸어가며 희정이와 연주가 궁금해하며 말했다.

"왜 이제 와?"

교문을 따라 길게 늘어서 있는 아름드리 은행나무 뒤에서 굵은 목소리가 툭 튀어나왔다. 선우였다.

"야, 네가 뭐 슈퍼맨이라도 되냐? 우리가 궁금해하기만 하면 불쑥불쑥 나타나게."

희정이는 그렇게 말하면서도 얼굴 가득 웃음을 머금었다.

"너희가 학생부에 불려 갔다고 해서 기다렸지. 뭔 일인데?"

선우의 얼굴에 불안함과 궁금함이 뒤섞였다.

"촛불집회. 언제 몇 번이나 갔냐고 조사하더라."

희정이가 별일 아니라는 투로 대답했다.

"역시 그거였구나. 뭐라고 했는데?"

"한 번 갔다고 했어. 너 인터뷰한 날 한 번."

이번에는 연주가 대답을 했다.

"한 번? 잘했네. 근데 한 번이나 서너 번이나 그게 뭔 차이가 있다고."

선우가 고개를 끄덕였다.

"그런데 어떻게 우리가 거길 간 줄 알았을까? 설마 선우 네가 얘기한 건 아니겠지?"

희정이가 빙글빙글 웃으며 선우를 쳐다보았다.

"내가? 내가 고자질이나 하는 사람으로 보여? 정말 그렇게 생각해?"

선우가 정색을 했다.

"아니, 아니야. 농담이야. 농담에 정색을 하는 걸 보니 너 진짜 수상한데."

희정이는 여전히 빙글빙글 웃고 있었다.

"야, 농담이라도 고자질쟁이는 싫거든. 마치 배신자 같은 느낌이 든단 말이야."

"알았다, 알았어. 근데 정말 어떻게 알았을까?"

희정이가 비로소 웃음을 풀고 선우를 바라보았다. 연주도 궁금한 눈빛이었다.

"아마 너희가 밝혀진 것도 인터뷰 때문일 거야. 나 인터뷰할 때 너희가 그 옆에 있었잖아. 그게 그대로 방송에 나왔다고 하더라."

"누가 그래?"

"응, 이동호 선생님이. 나를 조사한 것은 일단락됐는데, 누군가가 학생부에 또 두 명이 있다고, 방송에서 봤다고 신고를 했대."

"그래? 그래서 조사를 하는 거구나. 그럼 우리도 별일 없겠지, 뭐. 그런데 누가 신고한 걸까?"

고개를 끄덕이며 이제야 사정을 알겠다는 표정을 짓던 희정이의 얼굴이 다시 심각해졌다.

"MP3는 그냥 포기할 거야?"

성은이가 속삭이는 소리로 물었다.

야자실은 개미 새끼 한 마리도 지나가지 못할 정도로 조용했다. 군데군데 빈자리도 있었지만, 거의 모든 자리가 꽉 차 있었다. 모두 고개를 책상 위에 박고 책에 온 신경을 집중하고 있어서 조그만 소리도 크게 들렸다.

"쉿."

성은이의 말에 고개를 돌려 이리저리 다른 아이들을 살펴보던 주미가 얼른 자기 입에 손가락을 댔다. 한 아이가 고개를 들고 성은이를 빤히 쳐다보고 있었다. 얼굴에는 시끄러워 방해가 된다는 듯, 신경질이 살짝 배어 있었다.

수업 시간을 제외하고는 좀체 책상에 앉아 있던 적이 없는 성은이는 야자가 시작된 지 30분밖에 지나지 않았는데도 좀이

쑤시기 시작했다. 공부하는 아이들 구경을 하는 것도 몇 분 만에 지겨워져, 자습실 여기저기를 눈으로 훑었다.

자습실의 명칭은 '불염재(不厭齋)'였다. 입구에 커다란 현판을 달아놓았는데, 처음에는 아무도 그 글씨를 읽을 줄 몰랐다.

자습실에 그 현판이 막 걸렸을 때였다. 한 아이가 옆 친구에게 물었다.

"야, 저거 뭐라고 쓴 거냐?"

"응, 그건 말이지, 흠, 흠."

질문을 받은 아이가 한참 뚫어져라 현판을 쳐다보다가 대답했다.

"자습실."

"야, 아무리 내가 무식해도 첫 글자는 안다. 저건 '아니 불'자잖아."

그러자 대답했던 아이가 머리를 긁적였다.

"그래? 그럼 불도저?"

"야, 인마. 여기가 공사판이냐? 불도저가 뭐야, 불도저가?"

"왜? 불도저처럼 공부를 밀고 나가라. 장애물을 싹 쓸고 대학을 향해 전진하라. 어때? 말 되잖아."

그런 우스개까지 만들어낸 자습실의 현판은 다른 내용으로 벽에도 걸려 있었다.

'學不厭 敎不倦'

들리는 말로는 붓글씨깨나 쓴다고 소문이 나 있는 학생부장의 글씨랬다. 한문 선생님이 자습 감독을 맡은 날, 어떤 친구가 현판을 가리키며 물었다.

"선생님, 저 글씨가 무슨 뜻이에요?"

"음, 저것은 공자님의 말씀이다. 맹자 공손추장에 나오는 말인데, 배움에 싫증을 내지 않는다, 그러니까 아무리 공부해도 그 공부가 즐겁다는 뜻이지. 모름지기 배우는 사람은 싫증 내지 않아야 하고, 가르치는 사람은 게을러서는 안 된다는 말이다. '학불염 교불권'이라."

한문 선생님은 무슨 소린지 잘 알 수 없는 설명을 했다. 질문을 한 아이가 고개를 갸웃했다.

"선생님, 그럼 저건 '불뭐뭐' 아닌가요? 불 자로 시작되는 것 같은데."

아이의 말에 한문 선생님은 기특하다는 듯 머리를 쓰다듬어 주며 설명을 덧붙였다.

"그래, 불 자다. 저건 '불염재'. '싫증 내지 않는 집'이라는 말이지. '학불염 교불권'에서 두 글자를 따다 만든 거야. '재'는 집이라는 뜻이고. 그러니까 자습실은 공부에 싫증 내지 않는 곳이라는 말이다. 그런데 정말 싫증 나지 않을 정도로 공부가 재미있는 아이들이 몇이나 될까? '불염재'라? 다 공염불이다, 공염불."

아이들은 대답으로 시작해서 혼잣말로 끝나는 그 설명이 무슨 뜻인지 어렴풋이 알 수 있었다. 그 뒤부터 아이들은 자습실을 '염불집, 공염불' 같은 엉뚱한 이름으로 부르기 시작했다. 벽에 걸린 액자를 보며 그 생각을 떠올리던 성은이가 다시 주미의 어깨를 톡톡 쳤다. 주미가 돌아보자 성은이가 고갯짓을 했다. 나가자는 말이었다.

감독 교사석을 보니, 선생님은 어디로 갔는지 보이지 않았다.

'에이, 그냥 집에서 할걸. 괜히 자습 신청했나 봐.'

주미는 집에서 할 때보다 집중을 하기가 더 힘들었다. 성은이가 자꾸 따라붙기 때문인지도 몰랐다.

'공부도 안 하는 애가 야자 신청은 왜 했나 몰라.'

주미는 속으로만 툴툴거리며 자리에서 일어나 앞서 가는 성은이를 따라 복도로 나왔다. 복도 한쪽에는 긴 소파가 놓여 있었다. 귀퉁이가 군데군데 뜯긴 낡은 소파였다.

성은이는 소파에 털썩 앉으며 머리를 쓸어 넘겼다.

"아, 지겨워. 야자는 누가 만들어낸 거야?"

그 모습을 보고 주미가 피식 웃었다.

"얘, 넌 공부나 하고 그런 소리 해라?"

"어쭈, 엄마 같은 소리 하고 있네. 나 같은 사람한테는 앉아 있는 것만도 얼마나 힘든 일인지 알아?"

"얼른 들어가야 해. 이러고 있다가 괜히 감독 선생님한테 걸리면 혼나."

주미는 연신 계단 쪽을 바라봤다.

"알았어. 근데 MP3 안 찾을 거냐고."

"그까짓 거, 뭐 얼마나 한다고……."

주미는 말을 얼버무렸다.

"계집애, 너희 집 부자라고 자랑하는 거니? 내가 보기엔 희정이 그게 가져간 게 분명해. 아휴, 그걸 족쳐서 털어놓게 만들어야 하는데."

자기 짐작이 분명하다며 성은이는 주먹까지 쥐고 흔들었다. 희정이가 옆에 있었다면 저 거대한 주먹에 바들바들 떨 것 같았다. 그런 성은이를 물끄러미 바라보던 주미가 슬그머니 옷깃을 잡아당겨 가까이 오게 하더니 귓속말을 했다.

"실은 그 MP3 찾았어."

"뭐? 어디서?"

성은이가 깜짝 놀라 눈을 동그랗게 뜨고 물었다.

"사물함 뒤에 넘어가 있었어. 내가 사물함 위에 올려놓고 뭘 꺼내다가 떨어트렸나 봐."

"어떻게 찾았는데?"

"아까 청소하다가 사물함 구석이 너무 더러워서 쓸어내는데 나오더라."

"그래? 찾아서 다행이다. 그런데 왜 이렇게 아쉽지?"

성은이가 제 머리를 손가락으로 톡톡 치며 말했다.

"뭐가?"

"희정이 말이야. 이번 기회에 골탕 좀 먹일 수 있었는데. 거 참 아쉽네. 정말 아쉽네."

성은이가 정말 아쉬운지 자꾸 온몸을 부르르 떨었다. 그 모습을 보고 있던 주미가 빙그레 웃으며 성은이에게 더 가까이 기대며 속삭였다.

"비밀인데, 너만 알고 있어."

낮고 낮은 주미의 목소리에 성은이는 고개를 끄덕이며 귀를 더 가까이 들이댔다.

"걔들 곧 징계 먹을 거야."

"……?"

성은이의 미간이 궁금증으로 찌푸려졌다.

"걔들 요새 촛불집회 나가는 것 같아. 저번에 우연히 텔레비전을 보다가 걔네가 나오는 장면을 봤어."

"어? 그래? 텔레비전에까지 나왔단 말이야?"

"응, 선우가 인터뷰를 하고 있더라. 학교에서 선우는 다 조사했대. 그런데 뒤에 서 있던 정희정하고 계연주는 모르고 있었나 봐."

"그래서?"

"뭐, 내가 학생부 앞 신고함에 써서 넣었지. 흐흐흐. 정희정

과 계연주가 촛불집회에 나갔고 그 장면이 텔레비전에 방영됐
다고."

엄마의 무릎

불똥은 전혀 엉뚱한 곳으로 튀었다.

"희정아, 점심 먹고 학생부 가는 거지?"

점심시간이었다. 급식실로 가는 길, 꼭 잡은 손을 흔들며 연주가 희정이를 바라보았다. 그 눈길 속에는 두려움 같은 것이 어려 있었다.

"학생부? 거긴 왜?"

희정이가 갑자기 무슨 말인지 모르겠다는 투로 눈을 동그랗게 뜨며 고개를 갸웃거렸다.

"학주가 불렀는데. 점심 먹고 오라고. 너는 안 불렀어?"

"그래? 난 못 들었는데. 연락이 안 됐나? 같이 가보지, 뭐."

희정이는 걱정 말라는 듯 씩 웃었다. 티 하나 없어 보이는

웃음이었다. 그 웃음을 바라보는 것만으로도 연주의 마음은
차분하게 가라앉았다.

◊

"응, 어서 와라. 여기 앉아."

학생지도실 문을 열고 개고생 학주가 자리를 권하다가 퍼뜩
생각이 났는지 큰 소리로 물었다.

"그런데 희정이 넌 왜 왔니?"

"예? 저도 부르신 것 아니었어요?"

막 의자를 꺼내 앉으려던 희정이가 엉거주춤한 자세로 되물
었다.

"넌 안 불렀는데. 연주만 오면 돼."

그 말을 들은 연주의 얼굴이 두려움과 불안함으로 천천히
일그러졌다.

"무슨 일인데요? 지난번 촛불집회에 대한 거 아닌가요? 그
럼 저도 연주랑 같이 있으면 안 돼요?"

어디서 그런 용기가 났을까? 희정이는 자기도 모르게 마구
내뱉었다. 불안해하는 연주를 그냥 두고 갈 수가 없어서 자신
도 모르게 그런 용기가 났다.

"그래, 그것과 관련된 일이긴 한데, 너는 특별히 더 조사할

게 없는데…… 그냥 돌아가지?"

학주가 빙글빙글 웃었다.

"저도 같이 있을게요. 네, 선생님?"

희정이가 또 간청을 했다. 연주는 그런 희정이의 진심 어린 마음을 엿보고 눈시울이 시큰해졌다.

"희정아, 그냥 가. 나 괜찮아."

연주는 속마음과는 다른 말을 했다. 실제로는 희정이가 정말 자기만 두고 가버릴까 봐 불안해 온몸이 부들부들 떨렸다. '희정아, 제발 가지 마. 내 곁에 있어줘.'라는 말이 목구멍까지 가득 올라와 있었다.

"그래? 그럼 너도 같이 이야기하자. 뭐, 감출 것도 아니고 어차피 알게 될 텐데."

웬일로 학주가 희정이의 부탁을 선선히 들어주었다. 희정이와 연주가 자리에 앉고서도 말없이 한동안 둘을 바라보던 학주가 천천히 입을 열었다.

"정선우와 너희 둘이 촛불집회에 갔던 것은 이미 다 밝혀졌고. 그중 정선우는 서너 차례, 너희는 딱 한 번 갔다고 했지?"

"……"

"……"

대답을 바라는 질문이 아닌 듯해서 희정이와 연주는 그저 고개만 살짝 끄덕이고 마른침을 삼켰다.

"흠, 선우하고 희정이한테는 나중에 이야기할 생각이었는데 이렇게 왔으니 그냥 하자. 가만, 그럴 바에는 아예 선우도 불러다 한꺼번에 얘기하는 게 좋겠다. 희정이는 가서 선우 좀 불러와라."

희정이는 얼른 자리에서 일어나 선우네 교실로 갔다. 그러나 선우는 교실에 없었다. 급식실에 있는지 가보려고 공주로 쪽으로 발길을 돌리는데, 선우가 휘적휘적 올라오는 게 보였다.

"선우야, 정선우!"

희정이가 다급하게 목청을 높였다. 공주로에 모여 있던 다른 아이들이 그 소리를 듣고 희정이를 물끄러미 바라보았다.

'흥, 아예 대놓고 둘이 논다 이거지.'

아이들 속에 섞여 있던 주미가 입을 삐쭉 내밀었다. 그러나 그런 걸 알 리 없는 선우는 손을 흔들며 희정이를 향해 달려갔다.

"쟤네 둘이 사귀는 거야?"

아이들 중 누군가가 물었다.

"그런가 봐."

"둘이 잘 어울린다. 꼭 오누이 같아."

"후훗, 웃기고 있네. 쟤들 동갑인데, 오누이? 가만, 둘 다 정 씨니까 잘 어울리는 거 맞나?"

아이들이 수군거렸다. 주미는 수군대는 소리를 듣는 것만으로도 분통이 터져 얼굴이 벌겋게 달아올랐다.

희정이와 선우가 학생지도실에 들어서니, 학주가 다시 입을
열기 시작했다.

"음, 촛불집회에 나간 일로 학교에서 너희에 대해 회의를 열
었다. 외부의 집회에 학교장 허락 없이 나가는 것은 교칙 위반
이다. 너희는 고등학생인데 소고기 수입 문제와 같은 사회적
인 일에 나설 필요는 없는 거 아니냐?"

학주가 선우의 얼굴을 바라보며 물었다. 선우는 잠시 망설
였다.

'이야기를 할까? 이야기를 한다고 뭐 특별히 달라지는 게 있
을까?'

"학생도 사회에 관심을 가질 수 있는 거 아닌가요?"

길게 이야기하는 것은 또 문제만 확대시킬 것 같다는 생각
이 든 선우는 간단하게만 의견을 드러냈다.

"그래, 자기 의견을 가질 수는 있지. 그러나 교외 집회에 나
가는 것은 교칙 위반이다."

선언하듯 그렇게 말한 학주는 세 아이를 한 번 둘러보고 다
시 입을 열었다.

"하지만 처음이고 특별히 문제될 행동을 하지 않아서 경고
처분을 하기로 했다. 반성문 한 장씩 쓰는 것으로 이번 일을

마무리하기로 결정했다."

반성문 한 장으로 마무리한다니, 더 이야기할 필요는 없을 것 같다는 생각에 선우는 안도의 숨을 내쉬었다. 희정이와 연주의 얼굴도 비로소 해사해졌다.

"그런데 말이다……."

학주는 말을 끊고 한동안 뜸을 들였다. 뭔가 말하기 곤란한 문제가 있는 것 같았다.

"선우하고 희정이는 그 정도로 그럭저럭 해결이 되는데, 연주는……."

뭔가 일이 틀어지고 있다는 낌새가 엿보였다. 희정이가 얼른 학주는 말끝을 잡아챘다.

"연주는 왜요?"

"연주는 교장 선생님이 면담을 하자고 하신다. 학부모님과 함께."

그 말을 들은 연주의 얼굴이 체한 것처럼 하얗다 못해 파래졌다.

"왜 연주만요?"

선우가 허리를 앞으로 굽히며 물었다.

"음, 그건……."

잠시 망설이던 학주가 연주를 바라보며 입을 열었다.

"연주는 국적이 다르잖아. 사실 연주가 우리 학교에 다니는 것도 교장 선생님이 특별히 배려해주셔서 가능했던 거야. 그런데 이런 문제가 생겼으니, 교장 선생님도 곤란해지신 거지. 교육청에서는 자꾸 상황을 파악해 보고하라고 하는데 말이야. 하여간 연주는 교장 선생님과 면담을 해보고 난 뒤 결정이 될 거야."

이미 결정된 사항이라는 듯, 학주는 말을 마치고 단호하게 입을 다물었다.

"선생님, 이건 말도 안 되는 결정이에요. 차별이잖아요."

"제발 연주도 우리하고 똑같이 대해주세요."

선우와 희정이가 매달렸지만 학주는 입을 다문 채 고개만 가로저었다.

그런 모습을 보는 연주의 눈에서 눈물이 그렁그렁 맺혔다. 연주에게는 학주와 선우, 희정이가 이야기하는 모습이 마치 자기 일이 아니라 낯선 풍경인 것처럼 아득했다.

"너 입학시킬 때 오고 두 번째구나."

그런 말을 하는 엄마의 말에는 회한 같은 것이 어려 있었다.

"그때도 이렇게 발이 후들거리더니……."

"엄마!"

연주는 목이 메어 더 말을 잇지 못하고 그저 엄마라는 말만 내뱉었다.

교문부터 길게 이어진 길에는 무성한 은행나무 잎들이 따가운 햇살을 온몸으로 받아내고 있었다. 연주와 엄마는 은행나무 그늘 아래로 천천히 학교 건물을 향해 걸어 올라갔다.

옛날, 엄마는 연주를 데리고 세 곳의 고등학교를 찾아다녔다. 그러나 어느 학교에서도 선뜻 연주를 받아주지 않았다.

"저희로서는 우리나라 국적도 아닌 아이를 입학시킬 수 없습니다. 교육청에서 허가를 주면 모를까."

"그냥 받아만 주세요. 배우게만 해주세요."

한국말이 서툰 엄마는 그 말만 되풀이했다.

세 번째 학교에서 거절을 당하고 엄마는 외국인 상담소를 찾아갔다. 거기에서 고등학교는 의무교육이 아니라 학교장이 받아줄 수 없다면 방법이 없다는 답변과, 하지만 청강생으로는 받아주기도 한다는 말을 들었다. 졸업장은 받을 수 없고, 그냥 공부만 할 수 있는 것을 청강생이라고 한다는 말을 듣고도 엄마의 얼굴은 환하게 밝아졌다.

네 번째 학교에서도 엄마는 같은 말을 반복했다. 받아만 주세요, 배우게만 해주세요. 그러나 교장은 고개를 저었다. 안 됩니다. 아직 한 번도 외국인을 우리 학교에 입학시켜본 전례가 없어요. 전례라는 말을 처음 들은 엄마는 잠시 고개를 갸우뚱

했다. 그러나 앞뒤 말로 받아줄 수 없다는 뜻을 이해한 엄마는 다시 통사정을 했다. 그냥 받아만 주세요, 배우게만 해주세요.

같은 말을 절규처럼 트해내는 엄마를 보며 교장은 난감한 표정을 지었다. 그런 상황을 지켜보며 연주도 어쩔 줄 몰라 안절부절못할 수밖에 없었다.

갑자기 엄마는 앉아 있던 소파에서 일어나더니 맨바닥에 무릎을 꿇었다. 교장 선생님, 제발 우리 게르마, 아니 연주가 배울 수 있게 해주세요. 교장이 깜짝 놀라 손을 내밀어 엄마를 일으켜 세우려 했지만, 엄마는 두 손으로 바닥을 짚은 채 일어나려 하지 않았다. 그러고는 갑자기 상담소의 기억이 떠올랐는지, 다급한 목소리로 내뱉었다.

"졸업장 없이 공부만 태울 수 있는 걸로 받아주세요."

갑작스러운 달에 교장은 무슨 뜻인지 몰라 고개를 들어 연주를 바라보았다.

"청……, 청강생이요."

연주가 기어드는 목소리로 대답했고, 교장은 그런 연주를 한참 바라보다가 비로소 고개를 끄덕이며 엄마를 일으켜 앉혔다.

그때 학교에 오고 이번이 두 번째였다. 처음은 받아달라고, 두 번째는 내쫓지 말아달라고. 그때의 기억이 떠올라서일까? 엄마는 학교를 이리저리 휘둘러보다가 낮고 깊은 한숨을 내쉬었다.

"앉으시지요. 연주도 앉아라."

교장실은 넓고 편안했다.

"예에."

"예."

엄마와 연주가 조심스럽게 소파에 앉자 교장은 책상 위에서 종이 한 장을 가지고 와 앞자리에 앉았다. 그건 연주의 학생 카드였다.

"흠, 연주. 가만, 본명은 게르마라고 했지?"

학생 카드를 들여다보며 교장이 물었다.

"예."

연주가 기어드는 목소리로 대답을 했다.

"연주는 한국 이름인가? 집에서는 뭐라고 부르나?"

"집에서는 게르마라고 부릅니다."

엄마의 말투가 딱딱했다.

"연주라는 이름은 어떻게 지은 건가?"

교장이 연주를 바라보며 물었다. 교장의 말투는 의외로 따스했다. 그 바람에 연주의 마음이 조금 풀어지는 것 같았다.

"중학교 때 담임 선생님이 지어주신 이름이에요. 제 이름이 게르마라서 성을 계로 지었고, 이름은 담임 선생님 이름과 비슷하게 지어주셨어요. 계연주라고."

연주의 설명에 교장이 빙그레 웃었다.

"중학교 때 담임 선생님이 너를 무척 아끼셨나 보구나. 중학교 때는 행복했니?"

난데없이 행복했느냐고 묻자 연주는 고개를 들어 멍한 표정으로 교장을 잠시 바라보았다.

"중학교는 의무교육 기관이라 외국인 노동자 자녀들을 받아가르칠 수 있는 법적 장치가 돼 있으니 고등학교보다는 나았겠지. 그런데 고등학교는 너도 알다시피 의무교육 기관이 아니란다. 그래서 외국인 노동자 자녀들을 받기가 힘들어."

교장은 탁자에 놓인 찻잔을 들어 한 모금 마셨다. 눈짓으로 엄마와 연주에게도 마시기를 권했다. 연주도 한 모금 마셨지만 엄마는 그저 시선만 내리깔고 있었다.

"그래, 촛불집회에 가보니 어땠니?"

교장이 다정스러운 눈빛으로 연주를 바라보았다.

연주는 잠시 망설였다. 자신의 느낌을 솔직하게 말하면 오히려 피해를 입는 건 아닐지, 하지만 저렇게 다정하게 묻는데 거짓으로 대답하면 안 되는 건 아닌지, 갈팡질팡했다.

"그냥, 불의 강을 보는 것 같았어요. 불이 강물이 되어 큰 호수로 흘러드는 것 같은……우리 나라에서 흔히 보던 것 같은 풍경이었어요. 물이 흐르고 흘러 호수로 들어가는 것 같은 모습이요."

난데없는 강물 타령에 교장이 지긋이 연주를 바라보았다.

"그래? 촛불이 강물이라……."

연주의 말을 복기하듯 되뇌던 교장이 엄마를 보며 다시 입을 열었다.

"연주, 아니 게르마 어머니. 한국말 어느 정도는 알아들으시죠? 제 말을 잘 들으세요."

교장의 표정은 아까와 다르게 엄숙하고 근엄했다. 엄마는 고개를 끄덕였고, 연주는 온 신경을 귀에 집중했다.

"제가 게르마를 학생으로 받아들인 것은, 자식을 가르치겠다는 어머니의 뜻을 높이 사서였어요. 또 외국인 노동자 자녀를 우리 교육 제도 안에 받아들이고 있다는 것을 교육계에 알리고 싶은 뜻도 있었지요. 하지만 게르마가 이렇게 정부에서 금지하는 집회에 나가고, 엉뚱한 친구들과 어울려 행동한다면 더는 우리 학교 학생으로 둘 수가 없어요. 어제 선도위원회 선생님들과도 회의를 했는데, 게르마를 더 이상 우리 학교에 다니게 할 수 없을 것 같습니다."

교장의 그 말이 연주에게는 먼 곳에서 울리는 공명처럼 아득하게 윙윙거리는 소리로 들렸다.

'아니야, 이건 내 일이 아니야. 나 말고 다른 누군가에 대해 말하는 거야. 나는 게르마가 아니잖아. 학교에서 나는 연주야,

계연주······.'

연주의 그런 마음을 알아채기라도 한 듯, 교장이 단호한 말투로 연주를 불렀다.

"게르마."

연주가 멍한 표정으로 고개를 들어 교장을 바라보았다.

"······?"

"넌 내일부터 등교할 수 없다."

"교장 선생님, 한 번만·····, 한 번만······."

엄마는 갑자기 교장실 바닥에 무릎을 꿇었다. 그것은 어디선가 보았던 풍경이었다. 엄마는 무릎을 꿇고 사정하고, 교장은 그런 엄마를 불쌍하게 바라보고.

'어디서였지?'

연주는 마치 환영처럼 그 풍경을 바라보고 있었다. 그것은 현실이 아니라 꿈 같았다. 늘 반복되는 꿈.

"엄마, 미안해요."

엄마는 교문 앞까지 이어진 은행나무 길을 내려오는 내내 고개를 들지 않았다. 말없이 한 발짝 뒤떨어져 걷던 연주가 날마다 제 잎을 키워 이제는 제법 손바닥만 해진 은행나무 잎을 바라보며 말했다. 갑자기 눈에서 눈물이 툭 떨어졌다. 물들지도 못하고 떨어지는 은행잎 같은 눈물이었다. 슬프지 않다고, 두렵지도 않다고 생각했지만 눈물이 나왔다. 앞서 가던 엄마가 걸음을 멈추었다. 고개를 들어 연주를 바라보는 엄마의 눈가도 젖어 있었다.

"괜찮을 거야."

엄마는 그래도 교장의 마지막 말에 희망을 걸고 있는 것 같았다.

엄마가 무릎을 꿇고 빌자, 교장은 마지못한 듯 말을 이었다.

"이미 학교 징계위원회에서 결정을 했으니 번복하기는 힘듭니다. 하지만 최종 결재권자는 교장인 나니까, 내일 다시 한 번 징계위원회 의견을 들어보고 결정하지요. 재심을 해보기는 하겠지만, 꼭 다시 학교에 다닐 수 있다고는 할 수 없어요. 우선 돌아가시고, 게르마는 학교에서 통보가 있을 때까지 집에서 자숙하고 있어라."

겉으로는 재심을 통해 다시 한 번 검토를 해보겠다고 했지만, 연주는 아마 자신에 대한 처분이 바뀌지 않을 것이라고 생각했다. 그것은 교장이 끝까지, 자신을 연주가 아니라 게르마라고 불렀다는 것으로 짐작할 수 있었다. 연주는 학교 학생이었고, 게르마는 몽골 사람일 뿐이니까.

"너하고 같이 갔다던 두 친구는 어떻게 됐니?"

엄마가 연주의 눈가에 흐르는 눈물을 닦아주며 물었다.

"걔들은 그냥 반성문 쓰고 넘어가기로 했대. 다행이야."

연주가 울음 끝에 잠시 웃음기를 머금었다.

"그렇구나. 하긴 걔들은 한국 사람이니까."

엄마의 목소리에 쓸쓸함이 가득했다.

"엄마, 그래도 그 둘이 있어서 나는 학교가 싫지 않았어. 아마 잊지 못할 거야."

"그래, 그나마 다행이다."

몇몇 아이들이 연주와 엄마를 힐끔힐끔 보며 지나쳤다. 그 시선에는 호기심과 의아함이 가득 배어 있었다. 몽골 말로 이야기를 주고받는 두 사람이 낯설어 보인 탓이었다.

이틀이 지나도록 학교에서는 소식이 오지 않았다.

"정말 너를 학교에 다니지 못하게 하면 가만있지 않을 거야."

선우는 이를 앙다문 채 말하곤 했다.

"어떻게?"

희정이는 무슨 뾰족한 방법이 있을까 하는 간절한 눈빛으로 선우를 바라보았지만, 선우는 쉽게 속내를 털어놓지 않았다. 그저 다문 입술로 굳은 마음만 내보일 뿐이었다.

"실은 교장이 재심 요청조차 하지 않은 것 같아."

선우가 얼굴을 찡그리며 말했다.

"정말? 왜?"

희정이가 알 수 없다는 표정을 지었고, 연주는 짐작하고 있었다는 듯 조용히 선우를 바라보았다.

"더 이상 학교에 다니지 못하게 하겠다는 거지, 뭐."

선우가 뻔한 것 아니냐는 투로 말을 툭 내뱉었다. 미리 짐작하고 있었지만 막상 선우의 입에서 그런 말이 나오자 연주는 잠시 아득해졌다.

'이렇게 내 학교생활은 끝나는 걸까? 한국에서 대학까지 공부한 뒤 몽골로 돌아가 의미 있는 일을 해보겠다는 내 꿈은 그저 헛된 게 되는 걸까?'

연주는 잠시 그런 생각에 빠져 가만히 있었다.

"걱정 마. 어떻게 해서든지 너를 꼭 다시 학교에 다니게 만들 거니까."

선우가 다시 결의에 찬 표정으로 말하곤 입을 굳게 다물었다.

"그게 어떤 방법이냐고?"

희정이가 답답하다는 듯 목소리를 높였다.

"……국가인권위원회에 탄원서를 내는 방법도 있고, 교육부에 민원을 넣어볼 수도 있어. 아니면 아예 신문이나 방송에 내든가."

선우는 이미 많은 생각을 해두었다는 듯 주먹을 쥐었다.

"그렇게 해서 연주가 다시 학교에 다닐 수 있을까?"

희정이는 여전히 의심을 지우지 못하고 고개를 갸웃거렸다.

"해보는 데까지 다 해봐야지."

선우가 연주의 얼굴을 바라보며 걱정 말라는 듯 씩 웃었다. 선우의 웃음을 보고 연주는 마음이 한결 편안해졌다.

"어떻게든 되겠지, 뭐. 걱정 마. 안 되면 몽골로 돌아가면 돼."

연주도 선우를 마주 보며 씩 웃어주었다.

그날 밤

"희정아, 희정아."

엄마가 문을 열고 들어서며 희정이를 부른다.

"어? 엄마!"

희정이는 벌떡 일어나 엄마 품에 달려들어 안긴다. 엄마에게서는 여전히 비린내가 난다. 비린내는 엄마 냄새다. 희정이는 코를 큼큼거리며 엄마의 블라우스에서 나는 비린내를 코로 빨아들인다.

"얘는, 뭔 짓이니?"

엄마는 그런 희정이가 밉지 않은 듯, 웃으며 말한다.

"엄마 냄새를 맡는 중이야. 얼마 만에 맡는 엄마 냄샌데."

희정이가 잠시 고개를 들었다가 다시 엄마 품에 코를 묻는

다. 그때 앵앵거리는 소리가 들린다.

'모기 소린가? 벌써 모기가 생겼나?'

희정이는 벌떡 일어나 사방을 두리번거렸다. 아무도 없었다. 방금 전까지만 해도 자기를 안아주던 엄마도 없었고, 사방은 캄캄한 어둠 속이었다.

'꿈이었구나. 엄마 꿈.'

희정이는 못내 아쉬워 다시 한 번 방 안을 둘러보았다. 꿈이라는 걸 확인이라도 시켜 주듯, 어둠만 희정이의 몸을 감쌌다.

'그럼 앵앵대던 소리는 뭐지? 그것도 꿈이었나?'

희정이는 좀 더 귀를 기울였다. 그러자 기다렸다는 듯이 아까보다 조금 더 큰 소리가 들렸다. 창밖이었다.

창문을 열자 안으로 쳐들어올 순간만 호시탐탐 기다린 것처럼 바람이 몰려 들어왔다. 바람과 함께 점점 더 큰 소리가 실내에 울려 퍼졌다.

'애앵, 애앵, 애앵.'

멀리서 들리던 그 소리는 점점 더 가까이 다가오고 있었다. 소방차 소리가 분명했다.

"어디서 불이 났나?"

희정이는 누가 듣기라도 하는 것처럼 중얼거리며 거실로 나왔다. 거실도 텅 비어 있었다.

'아, 아빠는 오늘도 야근이라고 했지.'

그제야 아침에 아빠가 했던 말이 생각났다. 아빠는 친척의 소개로 야간 경비 업무를 맡아 하고 있었다. 거실 창문을 열자 소방차 소리가 더 크게 들렸다. 소방차는 희정이네 집 앞을 지나가는 것 같았다.

여러 대가 동시에 울려대는 사이렌 소리가 경계심을 넘어 공포까지 불러일으키는 것 같았다. 희정이만 그런 것은 아닌지, 이웃집 창문에도 군데군데 형광등이 켜지고, 수런대는 소리가 들렸다.

한동안 그치지 않을 것처럼 울려대던 사이렌 소리가 멈추자 사방은 쥐 죽은 것처럼 고요해졌다. 다시 캄캄한 어둠이 온몸을 에워쌌다. 희정이는 잠시 멍한 얼굴로 그 어둠을 응시했다. 아까 꾸었던 엄마에 대한 꿈도, 갑자기 울려대던 소방차의 사이렌 소리도 모두 현실이 아닌 것처럼 느껴졌다.

'정말 엄마는 언제쯤 집으로 돌아올 수 있을까? 우리 세 식구가 옛날처럼 오순도순 모여 살 날은 영영 오지 않는 거 아닐까? 연주는 다시 학교에 다닐 수 있을까? 교장은 아예 재심을 하지 않기로 한 건가? 그렇게 되면 연주는 우리나라에서 살지 못하고 다시 몽골로 돌아가야 하는 걸까?'

꼬리에 꼬리를 문 의문만이 어둠 속에서 돌부처럼 웅크리고 있는 희정이의 머릿속을 헤집어놓고 있었다.

사이렌 소리는 어디 먼 다른 나라에서 들려오는 것 같았다. 연주의 방보다 높은 지상에서 울리는 소리라 그렇게 들린 것일까? 세상의 소방차란 소방차는 다 모아놓고 사이렌 울리기 시합이라도 연 것처럼 요란한 소리였다.

"게르마, 자니?"

방문 열리는 소리가 나더니, 엄마가 조심스레 문을 열고 연주의 방으로 들어섰다.

"엄마? 안 주무세요?"

연주는 침대에서 반쯤 몸을 일으켰다.

"갑자기 사이렌 소리가 들려서."

엄마가 변명처럼 말을 하며 연주의 침대 귀퉁이에 앉았다. 낮은 침대라서, 그렇지 않아도 작고 통통한 엄마의 몸이 아예 침대 속으로 꺼져 들어가는 것 같았다.

"어디서 불이 났나 봐요."

"그러게. 저 소리는 듣기만 해도 불안한 생각이 들어."

엄마의 목소리에는 두려움이 깃들어 있었다.

"걱정 마세요, 엄마. 먼 데서 난 불인 것 같아."

연주는 엄마를 위로하며 다가가 어깨를 감싸 안았다. 한 팔에 다 들어오지 않는 엄마의 큰 어깨는 바들바들 떨고 있었다.

"소방차 소리만 들어도 자꾸 그때 일이 떠올라."

엄마는 연주의 손을 꼭 쥐고 말했다. 마치 자신의 두려움을 연주의 손이 막아주고 있기라도 한 것처럼 엄마는 손에 힘을 주었다. 연주도 엄마의 두려움이 시작되는 곳을 대신 막아서 듯 다시 엄마를 꼭 끌어안았다.

엄마가 사이렌 소리를 두려워하기 시작한 것은 한국에 와서 처음 일했던 작은 함바 식당에서였다. 한국말이 서툰 엄마가 할 수 있는 일이란 주방에서 설거지하는 게 전부였던 터라 손님 앞에 나설 일은 거의 없었다.

그런데 어느 날, 서빙을 하던 아주머니 한 분이 갑자기 결근을 하는 바람에 주방에 있던 엄마가 주문을 받게 되었다. 물컵에 물을 따라 손님 식탁에 올려놓고, 손님이 주문한 백반을 나르던 엄마가 그만 실수로 찌개 냄비를 엎어버렸다.

갑자기 뜨거운 찌개를 무릎에 덮어쓰게 된 손님이 화가 나 소리를 질렀는데, 한국말이 서툰 엄마는 아무 말도 못 하고 손님 얼굴만 빤히 쳐다보았다. 그러자 더욱 화가 난 손님이 주먹을 치켜들었다.

"쌍! 뭘 쳐다봐, 이년아!"

손님의 주먹질에 맞으며 겁을 먹은 엄마가 뒷걸음질을 치다가 석유난로에 부딪쳤고, 난로가 뒤집어지면서 벽에 쌓아놓았던 냅킨에 불이 옮겨붙었다. 소방차가 사이렌을 울리며 출동

했고, 엄마는 한마디 변명도 못 해보고 해고되고 말았다. 물론 밀린 월급조차 받지 못했다. 그래도 엄마는 항의를 하지 못했다. 항의는커녕 오히려 주인에게 싹싹 빌어야만 했다. 제발 경찰에만 불려 가지 않게 해달라고, 경찰서에 가면 불법 체류자인 엄마는 몽골로 추방될 수밖에 없다고, 사정사정 끝에 그냥 가게를 나설 수밖에 없었다.

그 뒤부터 엄마는 가장 쉽게 얻을 수 있는 일자리인데도 불구하고 식당을 피해 다녔다. 그리고 엄마의 머릿속에는 사이렌에 대한 공포감 같은 게 생겼다. 길을 가다가 구급차 사이렌 소리만 들려도 엄마는 멈칫 걸음을 멈추고 말았다. 소방차 사이렌 소리에는 아예 얼굴을 감싸고 주저앉곤 했는데, 마치 곁에서 누가 주먹으로 자신을 때리기라도 하는 것처럼 이리저리 얼굴을 돌리기까지 했다.

연주는 자신의 손을 꼭 쥐고 바들바들 떨고 있는 엄마를 보며 문득 홉스골 호숫가의 숲에서 만났던 작은 아기 새를 떠올렸다. 홉스골 호숫가에는 넓은 초원이 펼쳐져 있었다. 한여름의 초원에는 온갖 꽃들이 지천으로 피어났다. 초원 귀퉁이에서 보면 그곳은 초원이라기보다 꽃밭 같았다. 흰색과 보라색, 연분홍으로 뒤덮인 호숫가의 꽃밭.

어느 날인가, 연주는 그 꽃을 구경하면서 걷다가 초원 끝의 숲에 이르렀다. 초원 끝에 있는 숲은 말이나 양 떼들이 드나들지 않아서 작은 길조차 나 있지 않았다. 낯설기도 하고 신기하기도 한 숲 속 풍경을 구경하느라 연주는 시간 가는 줄 몰랐다.

얼마나 걸었을까, 연주는 숲 속 작은 나무 아래 풀숲에서 조그만 새 둥지를 발견했다. 어미 새는 먹이를 구하러 갔는지, 둥지에는 아기 새 세 마리가 바들바들 떨고 있었다. 소리조차 내지 못하고, 털 없는 몸으로 서로에게 기대어 있던 새들은 연주의 기척을 어미로 알았는지, 입을 벌리고 먹이를 달라고 난리였다. 연주는 오래도록 그 아기 새들을 바라보았다. 어쩌면 지금 아기 새들은 온몸으로 세상과 맞서 목숨을 지켜가고 있는 게 아닌가 하는 생각이 들었다. 아기 새들만이 아니라 초원에 핀 꽃들도, 그 꽃들 사이에서 바쁘게 꿀을 따고 있는 벌들도, 숲 속의 나무들도 다 치열하게 목숨을 지켜가고 있는 건 아닌지, 그리고 자기들이 기르고 있는 말이나 양들도, 그 말과 양을 기르고 있는 식구들도 모두 바들바들 떨면서 자신의 목숨을 지켜가고 있는 건지도 모른다는 생각을 했다. 그런 생각을 하자, 아기 새들에게 가여움을 넘어 소중함을 느꼈고, 경외감이 들기도 했다.

연주는 숲을 나와 초원으로 걸어오면서, 초원을 건너 숲으로 갔던 자신이 이제는 뭔가 달라져서 돌아왔다는 생각을 했다.

"아빠는?"

연주는 아기 새처럼 떨고 있는 엄마를 다시 감싸 안으며 말을 돌렸다.

"아빠는 오늘 야근이래. 요즘이 결혼 철이라 평소보다 주문이 많다
더라."

엄마는 그제야 마음이 좀 가라앉았는지, 배시시 웃었다. 그럴
때면 엄마는 연주보다도 더 어려 보였다. 엄마가 안정을 되찾
은 건 어쩌면 이미 사이렌 소리가 멀리 사라져서 더 이상 들리
지 않기 때문인지도 모른다는 생각을 했다.

"엄마, 나 이제 학교 안 다녀도 돼. 꼭 졸업을 하고 한국에서 대학
을 가야 할 필요는 없을 것 같아. 안 되면 그냥 몽골로 돌아갈 거야.
돌아가서도 할 일이 있을 거야."

"그래, 정 안 되면 돌아가면 되지. 너무 걱정 마라."

엄마도 어느 정도는 마음의 정리가 된 것 같았다.

"그런데 몽골로 돌아가서 할 일이 뭔데?"

엄마는 연주의 꿈을 궁금해하며 물었다.

"엄마한테 제일 처음 말하는 거야. 그러니까 당분간은 비밀로 해
줘요."

"그래, 알았어. 그러니까 어서 말해봐. 돌아가서 무슨 일을 하고
싶은데?"

엄마는 마치 친구처럼 연주의 얼굴을 빤히 바라보며 오른쪽
손바닥으로 얼굴을 받치고 물었다.

"나는 돌아가서 시인이 될 거야. 소설도 쓸 거야."

굳은 결심을 나타내며, 말을 마친 연주는 입을 꾹 다물었다.

"글을 쓰겠다는 거니?"

"응. 한국에 와서 보니까 우리 나라는 참 아름다운 곳이라는 것을 깨닫게 됐어. 아니, 아름답기도 하고 소중하기도 한 곳. 한국은 정말 많이 발전했고 복잡한데, 우리 몽골은 울란바토르 밖으로만 나가면 아직도 옛날 모습 그대로 살아가고 있잖아요. 초원에서 풀과 바람과 동물들과 함께 말이야. 그런데 엄마…….."

연주가 말을 멈추고 엄마를 빤히 바라보았다.

"응, 왜?"

"발전하는 게 꼭 행복한 걸까요?"

갑작스러운 질문에 엄마는 무슨 말이냐는 듯, 고개를 갸웃 거렸다.

"한국은 많이 발전한 나라잖아요. 그런데 한국 사람들이 꼭 행복한 것 같지는 않아요. 돈이 많아도 자꾸 더 많이 가지려고만 하고."

연주의 말에 엄마가 고개를 끄덕였다.

"그래, 그럴지도 몰라. 내 월급 떼어먹은 사장도 그렇고."

"그래서 나는 돌아가서 글을 쓰고 싶어요. 우리 몽골이 얼마나 소중하고 아름다운 곳인지도 노래하고 싶고, 한국에서 만난 여러 사람들 이야기도 쓰고 싶어요. 엄마를 괴롭혔던 사장 이야기도, 음식점 주인 이야기도, 한국의 학교 이야기도, 그리고 여기에서 만난 내 친한 친구인 희정이와 선우 이야기도 쓰고 싶고."

"그럼, 우리 게르마는 잘할 수 있을 거야. 엄마는 믿어."

이번에는 엄마가 연주의 어깨를 감싸 안았다. 연주는 엄마 품에 안겨서 환하고 행복한 웃음을 지었다.

'그래, 세상에는 나쁜 사람만 있는 게 아니야. 어디에나 좋은 사람도 있고 나쁜 사람도 있는 법이지. 착한 한국 사람도 있고, 나쁜 한국 사람도 있는 거야. 그런 수많은 세상 이야기들을 노래하는 작가가 되고 싶어.'

그러자 연주에게는 자신의 한국에서의 삶이 흡스골의 호숫가 숲속을 다녀온 것과 같다는 생각이 들었다. 그렇다면 희정이나 선우는 한국에서 만난 아기 새 같은 존재가 아니었을까? 연주는 엄마 품에서 그런 생각을 했다.

"엄마, 오늘은 우리 같이 자자. 아빠도 안 오시니까."

연주가 엄마의 팔에 기대며 어리광을 부렸다.

"나도 그러고 싶었단다."

연주와 엄마는 좁은 침대에 나란히 누웠다. 그러나 잠은 쉽게 오지 않았다. 어디서 큰불이 났는지, 다시 사이렌 소리가 쉬지 않고 계속 울려댔다. 연주는 엄마의 손을 잡고 이런저런 생각을 하느라 캄캄한 천장만 바라보고 있었다. 엄마는 그새 잠이 들었는지, 새근새근 숨소리가 들렸다.

연주는 자기도 모르게 얼핏 잠에 빠져들었다. 꿈속에서 연주
는 홉스골 호숫가를 거닐고 있었다. 호수의 물은 쉴 새 없이 차
르르 차르르 밀려왔다 밀려가곤 했다. 너무나 푸르러 몇 길 물
속까지 들여다보이는 호수는 이름 그대로 어머니의 바다였다.

호숫가에는 하늘 높이 치솟은 시베리아 낙엽송이 바람결에
큰 몸을 느릿느릿 흔들어대고 있었다. 그리고 나무 위로는 깊
이를 알 수 없는 푸른 하늘이 호수의 물처럼 고여 있었고, 움직
임 없는 뭉게구름이 나뭇가지 끝에 걸려 있었다.

연주는 호숫가를 걸으며 콧노래를 흥얼거렸다.

바람이 불어오는 곳
그곳으로 가네
그대의 머릿결 같은
나무 아래로
덜컹이는 기차에 기대어
너에게 편지를 쓴다
꿈에 보았던 길
그 길에 서 있네

선우에게서 배운 노래였다. 왠지 경쾌하면서도 쓸쓸한 노래였다. 연주는 이 노래를 부를 때면 바람이 불어오는 곳인 몽골의 홉스골 호숫가를 떠올렸다. 발밑에서는 연주의 노랫소리에 맞춰 꽃들이 피어나고 있었다. 발아래는 바람꽃이나 솜다리꽃으로 금방 꽃밭이 되었다. 연주의 노랫소리는 멈추지 않고 계속되었다. 그런데 이상하게도 입을 다물어도 노래가 계속 이어지고 있었다.

'이상하네. 노래를 멈추었는데 왜 노랫소리는 그치지 않고 계속 이어질까?'

잠결에 연주는 고개를 마구 흔들어댔다. 그러다가 꺼뜩 정신이 들었다. 방 안에서는 계속 '바람이 불어오는 곳, 그곳으로 가네…….'라는 노래가 반복되고 있었다.

'아, 전화!'

그제야 연주는 그게 자신의 휴대폰 벨소리라는 것을 깨달았다. 연주가 그 노래를 좋아한다는 걸 안 희정이가 며칠 전에 다운을 받아준 것이었다. 연주는 팔을 뻗어 몇 번 더듬거리다가 머리맡에 있는 전화기를 찾아 들었다.

"연주야, 연주 맞지?"

연주가 통화 버튼을 누르자마자 저쪽에서 희정이가 다급하게 소리를 질렀다.

"으응, 왜애?"

연주는 아직 잠에서 덜 깬 소리로 물었다. 연주 옆에서 잠들었던 엄마도 어느새 일어나 연주 쪽을 보고 있었다. 어둠 속에서 엄마는 연주가 누구와 통화하는지 궁금해하면서도 어떤 두려움을 품고 있는 것 같았다.

"너도 들었지? 소방차 소리."

"으응. 어디 불났나 봐."

"우리 아빠가 그러는데 너희 아빠 다니는 가구 단지에서 불이 났대. 우리 아빠가 그쪽에서 방금 돌아오셨거든."

연주의 얼굴이 하얗게 질렸다. 휴대폰을 든 손이 바들바들 떨렸다.

"너희 아빠 돌아오셨어?"

희정이가 걱정하는 말투로 물었다.

"아니? 얼른 가봐야겠어. 끊어, 나중에 전화할게."

연주가 옷을 주섬주섬 챙겨 입으며 엄마를 재촉했다.

"엄마! 아빠 공장에 불이 났대. 얼른 가봐야 해!"

연주와 엄마가 허겁지겁 공장 마당에 들어섰을 때, 불길은 이미 공장을 휘감고 거세게 타오르고 있었다.

"아빠, 아빠!"

연주는 사방을 둘러보며 아빠를 찾았다. 소방차 여러 대가 마구 물을 내뿜고 있었지만, 불길은 좀체 잡힐 것 같지 않았다.

"게르마?"

누군가 옆에서 연주를 불렀다. 고개를 돌려보니 압둘라 아저씨였다. 작업반장인 압둘라 아저씨의 까만 얼굴이 어둠에 묻혀 이만 하얗게 빛나고 있었다. 연주는 그를 외국인 노동자 모임이 주최하는 체육 대회나 파티에서 몇 번 만난 적이 있었다.

"아저씨, 우리 아빠는요?"

연주가 다급하게 물었다.

"아직 공장 안에 있어. 아까 다들 빠져나올 때 같이 나오자니까 사장님을 구해야 한다며 남았어."

압둘라 아저씨는 불이 치솟고 있는 3층 쪽으로 눈길을 돌렸다. 거기가 작업장이었다.

"아, 아빠!"

연주가 비명을 질렀고, 엄마는 그제야 말귀를 알아들었는지 털썩 주저앉았다. 가구 공장이라 원자재가 모두 나무였기 때문에 불길이 여간해서는 잡히지 않았다.

"안에 사람이 있어요!"

누군가가 소방관을 보며 소리쳤다. 소방관들도 필사적으로 물을 퍼붓고 사다리를 설치했지만, 더 이상은 접근할 수가 없었다.

연주는 절망적인 얼굴로 불길이 치솟는 3층만 바라보았다. 그때 압둘라 아저씨가 소리쳤다.

"저기! 아무라다!"

압둘라 아저씨가 손가락질하는 곳은 곤돌라가 있는 3층 왼쪽 창가였다. 연주와 엄마는 간절한 눈빛으로 그곳을 바라보았다. 불길 속에서 아빠로 보이는 사람이 등에 다른 사람을 업고 곤돌라에 올라타더니 픽 쓰러졌다.

"저, 저런!"

"힘을 내요!"

"곤돌라 스위치를 당겨!"

모두 소리를 질렀다. 소방관들이 일제히 곤돌라 주변으로 물을 쏘아댔다. 그러나 물줄기를 직접 맞으면 다칠 위험이 있는지, 직접 곤돌라를 향해 물을 퍼붓지는 않고 있었다.

"아무라, 힘내요!"

"아빠! 일어나요!"

압둘라와 연주가 동시에 소리를 질렀다. 그 소리를 들었는지, 곤돌라에 쓰러져 있던 검은 그림자가 기신기신 일어나기 시작했다. 그 시간이 연주에게는 한없이 길게 느껴졌다. 불길 속에서 검은 그림자는 곤돌라 스위치를 힘껏 잡아당겼다. 그러자 곤돌라가 쏜살같이 아래로 내려왔다.

사람들이 곤돌라로 우르르 몰려갔다. 연주와 엄마도 정신없

이 곤돌라를 향해 달렸다. 곤돌라 위에는 검게 그을린 두 사람
이 쓰러져 있었다.

"아빠!"

"사장님!"

연주와 함께 누군가가 소리쳤다.

연주는 아빠가 누워 있는 침대 이름표에 적힌 '아무라'라는
글자를 멍하니 바라보고 있었다. 한글로 쓴 세 글자가 처음 한
국에 도착했을 때처럼 낯설었다. 몽골어가 아닌 한글로 쓴 이
름이 아빠의 이름 같지 않았다.

'어쩌면 아빠는……. 저 글자처럼 진짜 자기를 버리고 낯선
땅에서 낯선 이름으로 살아온 게 아닐까?'

연주는 문득 아빠의 외로움이 제 마음속에 전해지는 것 같
아 콧등이 시큰해졌다. 아빠가 감았던 눈을 떴다. 약간 옆으로
길게 찢어진 아빠의 눈. 그래서 얼핏 보면 화가 난 것 같기도
했고 무섭게 보이기도 했지만, 아빠는 연주에게 늘 따스한 눈
빛을 보내주었다.

"게르마."

아빠가 연주를 불렀다. 그러고는 바로 입을 다물었다. 아빠

의 눈에 물기가 가득 고였다.

"여보, 괜찮아요? 아프지 않아요?"

엄마는 아빠의 그런 모습이 도무지 믿기지 않는지, 침대 곁에 주저앉아 아빠의 손을 잡고 울먹였다.

"괜찮아, 괜찮아."

아빠는 엄마와 연주를 번갈아 보며 안심을 시켰다. 그러나 연주가 보기에 아빠는 결코 괜찮지 않아 보였다. 연주의 눈에도 눈물이 고일 것 같았다.

"얼굴만 좀 데었는데, 뭐."

아빠가 애써 별일 아니라는 투로 대답했다.

"아빤, 얼굴만이라니. 팔도 부러지고 가슴에도 큰 화상을 입었다던데."

연주가 아빠를 보며 눈을 흘겼다.

"왜, 당신만 나오지 않고 그 안에 있었어요?"

엄마가 다시 눈물을 흘리며 물었다.

"공장에 불이 났어……. 완성된 가구도 타고, 목재들도 다 탔어."

아빠는 그렇게 대답하고는 눈을 감아버렸다. 아빠의 목소리에는 불길에 갇혔던 순간이 되살아나는 듯 두려움이 가득 배어 있는 것 같았다.

"아빠, 힘드실 텐데 말은 나중에 하시고 좀 쉬세요. 엄마, 아빠가 안정을 취해야 할 것 같아요. 자세한 것은 나중에 들어요."

연주는 아빠의 충격을 헤아리고 그렇게 엄마를 달랬다. 엄마는 아빠 곁에 앉아 손을 꼭 쥔 채 눈물만 흘렸다. 아빠는 그런 엄마를 물끄러미 바라보다 힘에 겨운지 스르르 눈을 감았다. 연주는 갑자기 목이 메었다.

'대체 뭐가 우리 가족을 이렇게 힘들게 만드는 걸까? 평생을 살아온 땅에서 쫓겨나고, 낯설고 물선 남의 땅에 와서 이리 차이고 저리 차이고, 사는 것도 허락받지 못하고……. 왜 이렇게 몸까지 다치게 만드는 걸까?'

문득 그런 생각이 들자, 연주의 눈에 눈물이 핑 돌았다.

"뭐 생명이 위독하지는 않습니다. 흉터가 조금 남을까, 치료를 잘하면 특별한 문제는 없을 겁니다. 부러진 팔도 다행히 수술까지는 필요 없을 것 같습니다."

아침 회진을 돌던 의사가 연주와 엄마를 번갈아 바라보며 아빠의 병세에 대해 설명해주었다. '치료를 잘하면'이라는 전제가 붙기는 했지만 그래도 그 말을 듣자 연주와 엄마는 비로소 조금 안심이 되었다.

의사가 다른 병실로 발을 옮기자마자 얼굴이 새까맣고 몸이 통통한 사람이 들어섰다. 작업반장인 압둘라 아저씨였다.

"아무라 씨 괜찮아요? 정신이 들었나요?"

압둘라 아저씨가 연주를 보고 물었다. 파키스탄 교사 출신이어서 그런지 그는 누군가 모르는 것을 물어보면 차근차근 잘 설명해주었고, 한국말도 능숙하게 할 줄 알았다.

"의사 선생님 말씀이 치료만 잘하면 괜찮을 거래요."

연주는 압둘라 아저씨를 보자 다시 눈물이 찔끔 나왔다. 엄마는 침대 옆에 엉거주춤 서서 압둘라 아저씨에게 꾸벅 고개를 숙여 인사했고, 두 사람의 말소리에 아빠가 부스스 눈을 떴다.

"왔어? 난 괜찮아."

압둘라 아저씨가 작업반장이기는 했지만, 나이는 아빠보다 훨씬 어려서 아빠는 반말을 쓰곤 했다. 오늘따라 아빠의 반말에는 압둘라 아저씨에 대한 어리광 같은 것이 묻어 있었다. 그만큼 아빠도 기댈 곳 없는 한국에서의 현실이 외롭고 힘겨웠을 것이다.

"그만해서 다행이네. 그러니까 뭐하러 얼른 안 나오고 불구덩이 속에 남아요?"

압둘라 아저씨가 다정하게 아빠의 손을 잡았다.

"사람이 안에 있으니까 구해야지."

아빠는 압둘라 아저씨를 보며 피식 웃었다. 그 웃음을 보고 그제야 안심이 됐는지, 압둘라 아저씨도 씩 웃었다.

"어휴, 말도 마라. 사람들이 다 말렸는데 너희 아빠가 막무가내로 불길 속에 남아 있었단다."

이야기하는 것이 힘겨운 아빠가 스르르 잠에 빠지고 난 뒤, 압둘라 아저씨가 엄마와 연주와 함께 병실 밖 의자에 앉아 입을 열었다.

"요즘이 결혼 철이라 주문이 많이 밀렸거든. 밤을 새워서 일을 해야 주문에 맞출 수 있어서 야근을 하고 있었지. 가끔 사장님이 1층 사무실에서 공장까지 올라와 일을 채근하고 내려가곤 했어. 밤참을 먹고 두 시간쯤 지났을 거야. 모두 졸린 눈을 비비며 작업에 집중했어. 졸려서 아무리 눈꺼풀이 내려앉아도 한눈을 팔았다가는 목공 기구에 어딘가를 다치기 일쑤니까 말이야. 그런데 갑자기 작업장 천장에서 연기가 나기 시작했어."

압둘라 아저씨는 잠시 숨을 고르느라 말을 멈췄다. 입원실 복도는 마치 캄캄한 동굴로 이어지는 길처럼 어둑했다.

"불길은 금세 천장을 거쳐 공장 벽을 타고 바닥으로 이어졌어. 몇몇이 먼저 공장 밖으로 도망쳤고, 불을 끄겠다고 우왕좌왕하던 다른 사람들도 도저히 더는 안 되겠다 싶어서 막 작업장을 나오려 할 때였어. 갑자기 사장님이 문을 벌컥 열고 들어와 불이 난 것을 보았지. 위험하다고 말려도 사장님은 넋이 빠졌는지, 이리 뛰고 저리 뛰며 불을 끄다가 떨어지는 목재에 맞아 쓰러졌어. 마지막으로 나오던 너희 아빠가 그걸 보고 사장님을 구하겠다고 다시 불길 속으로 들어갔던 거야. 조금만 늦었어도 사장님을 구할 수는 없었을 거야. 그 위험을 무릅쓰고 불길 속으로 달려들다니. 너희 아빠도 참 대단한 사람이다, 휴."

말을 마친 압둘라 아저씨가 긴 한숨을 쉬었다.

"아빠는 정말 괜찮을까요?"

"모두 그만하면 천만다행이라고 하더라. 그렇게 위험한 일을 한 것치고는 정말 기적적으로 화상이 적다는 거야. 얼굴과 가슴에 화상을 입고 팔이 부러지긴 했지만 금방 나을 거야. 너희 아빠는 특별한 사람인 것 같구나."

압둘라 아저씨가 다행스럽고 놀랍다는 듯 고개를 끄덕이며 대답했다.

연주는 '아마도 그건 우리 몽골 사람들의 피부가 다른 나라 사람들보다 더 두껍고 단단해서 그럴 거예요'라는 말은 하지 않았다. 강한 추위와 매서운 바람에 맞서 초원의 겨울을 견뎌 내려면 피부가 두껍고 단단하며 지방질이 많아야 했기 때문에 초원 사람들은 대체로 몸이 단단하고 몸집이 컸다. 겨울이면 영하 40도가 넘을 정도로 추운 곳이니 자연적으로 몸이 거기에 길들여진 것이다.

"그나저나 사장님이 많이 다친 것 같아서 걱정이야. 공장도 다 불타버리고."

압둘라 아저씨의 얼굴에 근심이 가득했다. 다들 어쩌면 밀린 월급도 받지 못한 채 다시 다른 일터를 찾아 나서야 할지도 몰랐다. 압둘라 아저씨도 아빠도 망한 공장에서는 더는 일할 수 없을 테니까 말이다.

연주도 그런 근심이 전염된 것처럼 어두운 얼굴을 하고 곰곰 생각에 잠겼다.

이상한 만남

"어머, 그럼 어젯밤 정말 너희 아빠가 다니는 공장에 불이 난 거였어?"

전화기 너머, 놀랄 때마다 눈이 동그랗게 커지는 희정이의 모습이 떠올랐다.

"응, 그래."

희정이가 바로 옆에 있는 것처럼 연주가 고개를 끄덕이며 대답했다.

"너 지금 어디야?"

"어디긴, 병원이지. 학교에도 못 가는데 하루 종일 아빠 병간호나 해야지."

연주가 자조적인 어조로 대답했다.

"그럼 저녁 때도 병원에 있을 거지?"

"아마 그럴걸."

"그럼 기다려, 학교 끝나고 갈게."

"아니, 올 필요 없어."

"어머, 수업 시작종 쳤다. 끊을게. 이따 봐."

연주는 오겠다는 희정이를 말렸지만, 희정이는 연주의 대답을 듣지도 않고 일방적으로 말하고 전화를 끊었다.

‘우리 지금 병원 앞임. 몇 호실이야?’

연주에게 희정이의 문자가 온 것은 아빠의 잠든 모습을 보고 잠시 병원 로비에 나와 있을 때였다.

‘우리? 우리라면 누구랑 같이 오나? 선우하고 둘이 오고 있나 보네.’

문자를 받고 연주가 병원 출입구를 건너다보니, 희정이와 선우가 막 문을 열고 들어서고 있었다.

"희정아!"

연주는 반가운 마음에 깡충깡충 뛰어 희정이에게 달려갔다.

"아버지는 괜찮으시니?"

선우가 반가움에 덥석 손부터 잡은 희정이보다 먼저 의젓하게 물었다.

"응, 지금 막 잠드셨어. 곧 괜찮아지실 거래."

연주가 배시시 웃었다.

"다행이다. 너희 엄마는?"

이번에는 희정이가 물었다.

"엄마는 잠깐 집에 가셨어. 아빠 옷이랑 드실 것 좀 챙겨 오신다고."

대답을 하면서도 연주는 희정이의 손을 놓지 않았다. 며칠 못 본 사이에 희정이는 더 예뻐지고 선우는 더 어른스러워진 것 같았다.

"불은 왜 난 거래?"

"전기 합선 사고 같다는데, 자세한 건 조사를 해봐야 안대. 공장이 워낙 오래돼서 전선에 문제가 많았나 봐."

선우의 질문에 연주가 압둘라 아저씨에게 들은 이야기를 전해주었다.

"학교에서는 연락 없지?"

"……."

희정이의 말에 연주는 대답 없이 고개만 가로저었다. 학교 이야기를 하니 마음이 시무룩해졌다.

"소식이 있을 리가 없지. 학교는 연주를 다시 받아주지 않기로 작정한 것 같아."

선우가 그런 말을 하곤 화가 났는지 굳은 얼굴로 입을 다물어버렸다.

"연주야, 그래도 힘내자."

학교가 연주를 받아주지 않을 것 같다는 선우의 말에 희정이가 연주의 어깨를 다독이며 젖은 목소리로 말했다.

"난 괜찮아. 지금까지 학교에 다닌 것만 해도 다행이지, 뭐. 불법 체류자의 딸이 고등학교라니, 꿈이 너무 컸나 봐."

연주의 말에는 자조적인 한숨이 배어 있었다. 자신은 학교에서 쫓겨나고, 아빠는 화상을 입고 입원해 있고. 현실의 중압감이 연주의 가슴을 짓눌러왔다.

"그게 뭐? 불법 체류는 너희 아빠 일이고, 너는 너지. 왜 그런 생각을 해? 그리고 불법 체류라는 것도 그래. 합법적으로 일을 할 수 있는 합리적인 제도를 만들어놓지 않고 무조건 내모니까 불법이 될 수밖에 없잖아. 걱정 마, 네가 학교 다닐 수 있도록 끝까지 싸울 거야."

선우가 울분을 참을 수 없다는 듯 마구 말을 쏟아냈다.

"어떻게 할 건데?"

마치 물에 빠져 지푸라기라도 잡는 것 같은 심정으로 희정이가 선우의 얼굴을 빤히 바라보며 물었다.

"전에 내가 말했잖아. 교육청에 민원을 낼 거야. 그리고 국가인권위원회에 탄원서도 내려고 지금 쓰고 있어."

이미 계획이 다 서 있다며 선우는 그렇게만 말하고 다시 입을 다물었다. 굳게 다문 선우의 입매에서 단단한 결심이 엿보였다.

"어머, 쟤가 여기 웬일이야?"

선우의 뒤쪽을 바라보던 희정이가 누가 듣기라도 할까 봐 조심하는 것처럼 낮은 목소리로, 그러나 깜짝 놀라며 말했다. 그 바람에 연주의 눈길도 선우의 뒤쪽으로 향했고, 선우도 몸을 돌려 뒤를 바라보았다.

"어, 쭈꾸미."

"주미 아냐?"

연주와 선우가 동시에 입을 열었다. 동시에 자신에게 향한 세 사람의 시선을 알아챘는지, 고개를 숙이고 걸어오던 주미가 번쩍 고개를 들었다.

"어머, 너, 너희가 여기 어떻게?"

주미도 놀랐는지, 발을 멈추고 세 사람을 번갈아 바라보며 말했다.

"병원에 놀러 왔겠니? 아파서 오는 데가 병원 아니야?"

희정이가 샐쭉해서 말했다. 지난번 MP3를 훔쳐 갔다고 의심받은 일이 아직 응어리로 남아 있어서 자신도 모르게 차가운 말투가 밖으로 튀어나왔다.

"너는 여기 웬일이냐?"

"나도 볼일이 있어서. 그런데 너희는 여전히 셋이 같이 다니는구나."

선우의 질문에 대답하는 주미의 목소리는 왠지 낮게 가라앉아 있었다. 날 선 희정이의 말에도 맞대응하지 않는 모습이 보통 때와 다른 사람 같았다. 그래서 그런지 보기에도 얼굴이 핼쑥했고, 풀이 죽어 있는 것 같았다.

"난, 갈게."

주미는 세 사람에게 가볍게 인사하곤 엘리베이터가 있는 곳을 향해 걸음을 옮겼다. 엘리베이터 버튼을 누르고, 고개를 들어 층수를 확인하고 다시 자기 신발을 내려다보는 주미의 뒷모습을 보며 연주가 중얼거렸다.

"주미가 다른 애 같아."

연주의 말에 희정이도 고개를 끄덕였다. 선우는 한동안 주미의 뒷모습을 바라보았다. 주미에게 외로움이 느껴졌다.

"아빠……."

주미가 병실로 들어서며 아빠를 불렀다. 아빠는 침대에 누운 채 아무 대답이 없었다.

"여보, 그러니까 내가 대학 병원으로 옮기자고 했잖아요. 지금이라도 수속을 할게요."

아빠 곁에서 간호를 하던 엄마가 불만을 털어놓았다.

"그만, 그만해요. 여기가 화상 전문 병원이요. 그리고 같이 다친 사람도 이 병원에 입원해 있는데 내가 무슨 면목으로 혼자 병원을 옮긴단 말이오."

그런 말을 하다가 통증이 느껴졌는지, 아빠는 얼굴을 찡그렸다.

"엄마 그만요. 아빠는 환자예요. 담당 의사 선생님도 다행히 많이 다친 것은 아니라고 하잖아요. 이 병원에서도 충분히 치료할 수 있을 거예요."

주미가 엄마를 향해 종알거렸다. 딸의 말에 엄마는 뭔가를 더 말하려다가 입을 다물어버렸다. 주미도 말없이 아빠의 붕대 감긴 팔만 살살 만졌다. 붕대의 까끌까끌한 감촉이 손가락 끝에 느껴졌다.

주미는 어제 복도 소파에서 깜박 잠이 들었었다. 그러다 퍼뜩 정신이 들어 병실로 들어서려다 엄마 아빠가 나누는 이야기를 우연히 엿들었다. 보험금을 받아도 공장을 다시 일으켜 세울 만큼은 되지 않을 거라고, 다친 사람 치료비와 망가진 건물 수리비, 거기다 기계를 구입하는 비용도 만만치 않을 거라며, 아빠는 어젯밤 그런 이야기를 하며 울먹였다. 병실 문 앞에서 주미도 한동안 아득해졌다.

'우리 집이 망한 거야? 아빠는 재기하지 못하고 좌절한 채 살아가시고? 대학을 졸업하고 유학을 가겠다던 내 꿈도 다 사라지는 걸까? 아니, 그런 것보다 행복한 우리 집을 잃게 되는 거 아냐?'

주미는 고이고이 간직해온 소중한 보물을 잃어버린 것 같은 상실감에 빠졌다.

"주미야, 나 좀 일으켜라."

누워 있던 아빠가 몸을 뒤척이며 말했다.

"안 돼요. 누워서 안정을 취해야지. 왜, 또?"

엄마가 옆에서 말렸다.

"왜요? 화장실 가시려고요?"

주미가 아빠의 등 뒤에 팔을 넣어 일으키며 물었다.

"그게 아니야. 옆 병실에 좀 가보려고 그런다."

"옆 병실은 왜요?"

엄마가 다시 볼멘소리로 물었다.

"거기 나를 구한 사람이 입원해 있잖아. 가봐야지."

"당신도 다쳤는데 어딜 가본다고 그래요?"

엄마는 여전히 아빠의 행동이 마음에 들지 않는지, 퉁명스레 말했다.

"그 사람이 아니었으면 나는 죽었을지도 몰라. 가봐야지. 주미야 휠체어 좀 밀어주렴."

주미가 얼른 병실 구석에 세워놓은 휠체어를 가져다 아빠를 앉혔다.

아빠는 머리와 어깨, 팔과 다리에 부상을 입었다고 했다. 여러 군데를 다쳤는데도 의외로 심각한 정도는 아니라며 정말 천만다행이라는 말을 담당 의사는 여러 차례 했다. 그 사람이 조금만 더 늦게 발견했어도 목숨이 위태로웠을 거라는 말도 했다.

아빠는 불길 속에서 떨어지는 나무에 맞아 정신을 잃었단다. 불길은 점점 거세지고, 아빠는 뜨거운 줄도 모르고 그곳에 쓰러져 있었다고 했다. 아마 그대로 있었으면 아빠는 불길에 휩싸여 영영 살아 나오지 못했을 것이다.

그때 불길을 뚫고 들어와 아빠를 구해준 사람이 있었다고 했다. 외국인 노동자인 그는 불타는 작업장을 탈출하다가 아빠를 구하기 위해 다시 불 속으로 뛰어들었다.

아빠는 그동안 외국인 노동자를 야단치고 들볶기만 한 자신을 목숨 걸고 구해준 그에게 미안하고 고마워 어쩔 줄 모르겠다고 했다. 자기가 외국인 노동자들에 대해 잘못 생각하고 있었던 것 같다고 말하는 아빠의 얼굴은 다치기 전과 다른 사람 같았다.

"여기다. 들어가자."

아빠의 휠체어를 밀고 병실 안으로 들어서던 주미는 깜짝 놀라 그만 발길을 멈추고 말았다.

희정이와 연주, 선우가 그 병실 안에서 이야기를 나누다가 주미를 보더니 벌떡 일어났다.

"어? 사장님."

깜짝 놀란 연주 아빠가 침대에 누워 있다가 반쯤 몸을 일으켰다.

"아무라 씨, 그냥 누워 있어요."

주미 아빠가 손짓을 하며 몸을 앞으로 굽혔다. 주미가 얼른 휠체어를 밀고 침대 곁으로 다가갔다.

"좀 괜찮아요?"

주미 아빠가 연주 아빠의 손을 잡고 물었다.

"예, 사장님. 사장님은 어떠세요?"

"나야 아무라 씨 덕분에 목숨을 건졌어요. 뭐라고 그맙다고 해야 할지 모르겠어요."

두 사람의 이야기를 듣고 있던 아이들이 그제야 상황을 짐작하고 놀라 눈이 휘둥그레졌다.

"그러니까 연주 아버지가 주미 아버지 공장에서 일을 하셨던 거구나……."

선우가 두 어른을 눈으로 좇으며 말했다.

"이번 불이 났을 때 주미 아버지를 구한 게 연주 아버지고……."

희정이도 놀라워하며 두 어른을 번갈아 바라보았다. 그 말을 들은 주미 아빠가 웃으며 고개를 끄덕이다가 이상하다는 듯 물었다.

"너희 서로 아는 사이냐?"

"예, 같은 학교에 다녀요."

선우가 냉큼 대답했다.

"얘는 저하고 같은 반이고요."

그제야 주미가 희정이를 가리키며 아빠에게 설명했다.

"그리고 네가 아무라 씨 딸이구나. 네 아빠 덕분에 내가 죽을 고비에서 살아났단다."

주미 아빠가 그윽한 눈길로 연주를 바라보았다. 연주는 대답 없이 고개를 숙여 인사만 했다.

주미는 괜히 부끄럽고 할 말이 없어 몸만 배배 꼬며 서로의 대화를 듣기만 했다. 그동안 연주와 희정이에게 괜한 시비를 걸었다는 생각도 들고, 자신이 너무 편견을 갖고 사람을 대해 왔다는 자책감도 들었다.

어른들이 한동안 이야기를 나눈 뒤, 주미와 주미 아빠가 병실을 나섰다.

"내일 학교에서 봐."

"안녕."

희정이와 연주가 주미를 보고 손을 흔들었다. 주미도 병실에 들어온 뒤 처음으로 어색한 웃음을 보이며 손을 흔들고, 아빠의 휠체어를 밀고 복도로 나섰다.

안녕, 솔롱고스

아빠는 빠르게 몸을 회복해갔다. 가끔씩 희정이와 선우가 병원에 들러 연주의 외로움을 달래주고 가곤 했다. 엄마는 아빠가 입원해 있는 동안만이라도 당신 손으로 돈을 벌어야 한다며, 다시는 식당 일을 하지 않겠다고 했던 것조차 잊고 동네 식당에 나가 설거지를 했다. 그래서 연주는 하루 종일 아빠 곁에서 시중을 들어야 했다.

"이젠 아빠 혼자 있어도 돼. 친구들도 좀 만나고 하렴."

아빠는 그렇게 말을 했지만 딸내미가 곁에서 시중을 들어주는 게 싫지만은 않은 듯, 늘 싱글벙글했다.

그날도 연주는 하루 종일 아빠 병실을 지키다가 잠시 병원 로비의 소파에 앉아 쉬고 있었다. 연주는 로비 구석의 커다란 자작나무 화분 곁자리를 좋아했다. 비록 가짜 잎사귀를 달고 있었지만, 그 나뭇잎 뒤에 숨듯이 기대고 있으면 마치 자신이 흡스골의 호숫가 숲 속에 있는 것 같은 착각에 빠져들곤 했다. 그 착각이 마음을 더없이 편안하게 만들었다. 귓가에는 찰랑이는 물결 소리가 들리는 것 같았다.

'이제 더는 학교에 다닐 수 없을 거야. 다시 흡스골로 돌아가야겠지? 가서 오빠와 함께 양 떼를 기르고 말을 길들이며 살아야 할 거야. 어쩌면 그 일이 내게는 더 어울릴지도 몰라. 복잡하고 사람들 많은 한국은 원래 나와는 맞지 않았던 거야. 한국에서 나는 이 화분에 심어놓은 자작나무 같은 사람이었던 걸까. 가짜 잎사귀를 달고, 진짜 나무인 척 살아야 했던 사람이 바로 나였을 거야.'

그런 생각을 하며 앉아 있는 연주의 눈앞에 누군가 종이컵 하나를 불쑥 내밀었다. 연주는 자신의 생각 속에서 빠져나오지 못하고 잠시 멍하게 있다가 천천히 고개를 들었다. 종이컵을 내민 사람은 주미였다. 주미는 아무 말도 없이 멋쩍게 웃으며 종이컵을 계속 연주 앞에 내밀고 있었다.

잠시 주미의 얼굴을 바라보던 연주가 컵을 받아 들었다. 커피였다. 금방 뽑았는지 따뜻했다. 연주는 두 손으로 커피 잔을 감싸며, 주미의 마음도 원래는 이 커피처럼 따스했을 거라고 생각했다.

연주가 컵을 기울여 커피 한 모금을 마시자, 미적거리던 주미가 낮은 목소리로 한마디를 건네고는 돌아서서 가버렸다. 처음, 연주는 그 말이 확실하게 들리지 않았다. 아니 확실히 들리긴 했지만 믿기지 않았을지도 몰랐다.

"미안해. 그리고 고마워."

주미가 돌아서 몇 걸음 간 뒤에야 비로소 연주는 마음으로 그 말을 확실하게 들을 수 있었다. 그것은 주미의 말소리가 아닌 마음의 소리였다.

⸱

연주는 그 사람을 화재 원인을 조사하러 나온 경찰쯤으로 생각했다.

한낮, 연주는 곤히 잠든 아빠 곁에서 책을 읽다가 깜박 잠이 들었다. 잠결에 굵고 낮은 목소리가 연주의 정신을 깨웠다.

"아무라 씨."

그 소리에 연주가 번뜩 잠에서 깨났다. 아빠도 들었는지, 침대에서 부스스 눈을 떴다. 두 사람의 눈앞에는 어깨가 딱 벌어지고 몸이 단단한 30대 중반쯤의 사내가 서 있었다.

"예, 제가 아무라인데요."

아빠가 주저주저하며 침대에서 반쯤 몸을 일으켰다. 그러자 사내는 씩 웃으며 연주를 돌아보았다. 그 웃음이 기분 나쁘게 느껴져 연주는 샐쭉 입술을 오므렸다.

"그럼 이 학생은 따님이겠군요."

사내가 다시 아빠를 보며 또 씩 웃었다. 정말 기분 나쁜 웃음이었다.

"그런데 누구시죠?"

아빠의 물음에 사내는 대답도 하지 않고 뒷주머니에서 수첩 같은 것을 꺼내 아빠의 눈앞에 쓱 보여주며 말했다.

"출입국관리사무소에서 나왔습니다."

그 말에 아빠는 아무 말도 못 하고 얼굴이 하얘졌다.

"아무라 씨, 불법 체류 혐의로 체포합니다. 이제부터는 마음 대로 병원 밖으로 나갈 수 없습니다. 현재 입원 중이므로 퇴원 즉시 추방될 것입니다. 병원 측에 알아보니 며칠 안으로 퇴원 이 가능하다고 하더군요. 부인도 계시지요? 부인 역시 오늘 불 법 체류 혐의로 체포되었습니다. 이 아이만 불법 체류자가 아 닌가요?"

사내의 말에 연주는 그만 침대에 펄썩 주저앉고 말았다.

'엄마가 체포되었다고? 식당에서겠지……. 난데없이 들이 닥친 단속반에 엄마는 얼마나 놀랐을까? 한국말도 서툰 엄마 가 혼자서 어떻게 그 상황을 견뎌냈을까?'

아빠도 많이 놀랐는지 아무 말도 못 하고 몸만 부들부들 떨고 있었다.

*

"정말 가는 거야?"

금방이라도 울음이 터질듯 희정이의 얼굴이 일그러졌다.

"응."

연주는 일부러 아무렇지도 않은 것처럼 배시시 웃었다.

"너는 지금 웃음이 나오니?"

"그럼 울까?"

연주의 농담에 일그러진 희정이의 얼굴이 조금 펴졌다.

"언제 가는데?"

"일요일 비행기야."

"그렇게 빨리?"

희정이가 놀라 눈을 동그랗게 떴다.

"엄마가 벌써 울란바토르에 가 있거든."

"울란바토르?"

낯선 도시 이름에 희정이가 되물었다.

"우리 몽골의 수도야. 비행기가 한국에서는 거기까지 가거든. 엄마가 기다리고 계셔서 빨리 가게 됐어."

엄마는 단속반에 잡힌 지 사흘 만에 추방되고 말았다. 서울에서 울란바토르까지 1,230마일. 마음으로 늘 함께했던 그곳에 먼저 가서 기다리겠다그, 속히 오라는 전화 속 엄마의 목소리는 두려움에 떨리고 있었다. 아빠는 퇴원하자마자 한국에서의 생활을 정리하기 시작했다. 아픈 몸을 이끌고 이곳저곳을 뛰어다니며 한국을 떠날 준비를 하는 아빠의 어깨는 유난히 맥빠져 보였다. 그래도 주미 아빠가 출입국관리사무소에 가서 사정을 하고 보증을 서주어서, 아빠는 퇴원을 하고 바로 추방되지 않고 정리할 시간을 갖게 되었다. 아직 정리가 다 되지 않아 아빠는 며칠 더 한국에 남아 있게 되었고, 연주는 울란바토르에서 기다리고 있을 엄마를 위해 먼저 떠나게 되었다.

"몽골로 돌아가면 뭐 할 거야?"

엄마 생각으로 마음이 울적해졌던 연주가 잠시 뜸을 들이다 웃으며 말했다.

"음, 아마도 글을 쓰게 될 것 같아. 시를 쓸 거야. 우리 몽골 사람들은 원래 노래를 잘 부르는 민족이거든. 아주 긴 이야기가 있는 시를 쓸 거야. 꿈 같던 한국에서의 일들도 시로 쓸 수 있을 거야. 그리고 내가 사는 홉스골의 아름다운 자연과 그 안에서 살아가는 사람들, 동물들과 꽃들, 맑은 물빛의 호수 이야기를 시로 쓸 거야."

연주는 자신이 시 속에 들어가 있는 것처럼 눈을 살포시 감고 읊조리듯 희정이에게 말했다.

"그래, 너라면 꼭 좋은 시를 쓸 수 있을 거야. 나는 믿어."

희정이가 연주의 손을 꼭 잡았다.

"믿어줘서 고마워."

연주도 희정이의 손을 마주 잡았다. 맞잡은 손에서 서로 피가 통하는 것처럼 따스한 온기가 전해졌다.

"일요일에 공항에 나갈게. 선우하고 같이 갈게."

"아니, 오지 않아도 돼."

연주가 잡았던 손을 놓고 손사래를 쳤다.

"아냐. 꼭 갈 거야."

희정이는 더는 말리지 말라며 입을 꾹 다물어버렸다.

인천 공항은 사람들로 북적거렸다. 수속을 끝낸 연주는 희정이와 선우가 기다리고 있는 의자로 돌아오며 비행기 표를 흔들어 보였다.

"얘는, 돌아가는 게 그렇게 좋니? 우린 너랑 헤어지는 게 아쉽기만 한데."

희정이는 그런 연주를 보며 일부러 눈을 흘겼다.

"그냥 시원섭섭하겠지."

선우도 아쉬움이 가득한 눈빛이었다.

"맞아, 기다리는 엄마를 생각하면 어서 돌아가야 할 것 같고 너희를 생각하면 한없이 슬프고 그래."

연주의 목소리가 침울하게 가라앉았다.

"아직 들어갈 때까지 시간이 좀 남아 있지?"

"응. 한 30분 정도."

연주가 시계를 들여다보며 말했다.

"그럼 저기 가서 뭐라도 마시자."

선우가 패스트푸드점을 가리켰다. 그곳을 본 연주가 피식 웃었다.

"푸하하!"

희정이는 웃음을 터트렸다.

"왜 웃어? 넌 웃는 게 꼭 남자애 같더라."

선우가 영문을 모르겠다는 듯 눈썹을 살짝 찌푸렸다.

"저 가게 말이야."

"맞아, 저 가게."

희정이와 연주가 서로 맞장구를 치며 패스트푸드점을 손가락질했다.

"저게 왜?"

"너 정말 기억 안 나? 왜, 연주랑 나랑 알바하다가 돈 제대로 안 줘서 네가 가서 싸웠던 그 가게랑 같은 체인점이잖아."

희정이의 말에 그제야 웃음의 의미를 알아차린 선우가 피식 웃었다.

"그러네. 가자. 그때 생각하면서 음료수라도 한잔하자."

선우가 앞장섰다.

"그래, 그것도 추억이지."

그렇게 말한 희정이가 연주의 손을 잡아끌었다.

셋이서 복잡한 사람들 사이를 지나 패스트푸드점으로 가고 있는데 뒤에서 누군가가 부르는 소리가 들렸다.

"연주야……!"

세 사람이 동시에 뒤를 돌아보니, 주미가 숨을 헐떡이며 뛰어오고 있었다.

"아직 안 갔구나. 늦는 줄 알았네……."

정수리에서 조금 뒤쪽에 묶어 세운 주미의 머리가 까딱까딱 춤을 추었다.

"주미야, 어서 와."

연주가 반가워하며 얼른 주미의 팔짱을 끼었다. 그 모습을 보고 희정이와 선우가 환하게 웃었다.

"네가 웬일로 커피를 마시니?"

"한국에서 먹는 마지막 음료니까 커피를 마셔보려고. 이제 몽골로 돌아가면 한국 커피는 먹기 힘들 거 아냐."

희정이의 질문에 연주는 커피 한 모금을 입에 머금고 천천히 맛을 본 뒤 대답했다.

"근데 커피는 한국 게 아닌데. 다 수입한 거야."

"그래도 한국에서 만들기는 했잖아. 엄마가 엊그제 전화를 했는데, 한국에서 먹던 콩지 커피가 그립대. 근데 주미야, 너희 아빠는 좀 어떠셔?"

연주가 말을 돌렸다. 그때까지 조금 서먹서먹해하던 주미가 환하게 미소 지었다. 자기에게 말을 건네는 연주의 마음 씀씀이가 짐작되어서였다.

"거의 다 나으셨어. 다 너희 아빠 덕분이야."

"무슨 그런 소리를."

"아냐. 우리 아빠도 늘 그러셔. 너희 아빠가 자기를 살렸다고. 어떻게든 공장을 다시 일으켜서 너희 아빠를 꼭 다시 초청할 거래. 그때가 되면 너도 꼭 다시 와줘."

그런 말을 하는 주미의 눈가는 촉촉이 젖어 있었다.

"그래, 알았어."

연주도 덩달아 가슴이 먹먹해졌다.

"그런데 너, 말 탈 줄 알아? 이제 몽골 돌아가면 말 타고 돌아다녀야 할 거 아냐."

선우가 분위기를 바꾸려는지, 가볍게 농담을 건넸다.

"흐, 말? 우리 몽골 사람들한테 말 타는 건 식은 죽 먹기야. 나, 이래 봬도 걸음마 하기 전부터 말을 탔다고."

연주가 어깨를 으쓱거렸다.

"정말? 나도 타보고 싶다."

주미가 손뼉을 치며 눈을 빛냈다.

"그러지 말고 너희 대학 들어가면 한 번 몽골로 와. 좀 멀긴 하지만, 울란바토르에서 비행기 한 번 더 타면 내가 사는 훕스골까지 올 수 있어. 오면 내가 내 말을 태워줄게."

말 이야기에 신이 났는지 연주의 말이 빨라졌다.

"네 말이 있어?"

선우가 놀라 물었다.

"응, 내 말이 있어. 이름은 버더러야. 지독한 추위도 잘 견뎌 내고 지금은 오빠가 키우고 있어."

눈앞에 말의 모습이 어른거리는지 연주의 눈빛이 깊어졌다.

"버더러? 무슨 뜻인데?"

"크리스탈. 수정이라는 뜻이야. 내가 먹이도 주고 갈기도 빗겨주고, 내 동생처럼 키운 말이야. 내가 다가가면 콧김을 쿵쿵 내뿜으며 다가와서 손등을 핥곤 했어. 내가 다른 말을 타면 버더러는 머리로 내가 탄 말을 툭툭 들이받는 귀여운 질투도 했어."

"어머, 너무 멋있다."

"한 번 보고 싶다."

희정이와 주미가 동시에 말하곤 웃음을 터트렸다.

"이제 한국을 떠나면 어떤 느낌이 들 것 같아?"

선우가 진지한 얼굴로 물었다.

"글쎄, 아마 그립겠지. 너희도 그립고, 한국에서 만난 모든 사람들이 다 그립겠지. 나를 아프게 했던 순간들도 언젠가 다 그리워질 거야. ……내가 살던 홉스골에 가면 차탕족이라는 소수 민족이 있어. 순록을 따라 이동하며 사는 민족인터, 이제 200명 정도 남아 있을 뿐이야. 그 민족은 몽골 안에서 점점 스러져가고 있는 거지. 근데 어쩌면 한국에서 외국인 노동자나 그 가족으로 사는 것도 차탕족이랑 똑같은 삶을 사는 건 아닐까 하는 생각을 했어. 아무리 몸부림쳐도 하나가 될 수 없는 국외자의 쓸쓸함 같은 거 말이야……."

연주의 말에는 외로움이 짙게 배어 있었다.

"더불어 살 줄 모르는 사람들은 늘 다른 이에게 상처만 주는 것 같다. 그 상처가 자기까지 아프게 하는 줄도 모르고."

말을 끝낸 선으는 눈썹을 찌푸리며 심각한 표정을 지었다.

시간은 금방 흘러갔다. 이야기를 나누다 시계를 본 연주가 자리에서 일어났다.

"이제 들어가봐야 할 것 같아. 다들 잘 있어."

연주가 작별 인사를 했다.

"그래, 조심해서 잘 가고 편지 꼭 해라."

"건강하게 잘 지내."

"보고 싶을 거야."

아이들은 게이트 앞에서 한동안 서로의 손을 잡고 놓을 줄을 몰랐다.

"연주야, 정말 미안하고 고마웠어."

주미가 연주를 꼭 안고 눈물을 글썽였다.

"아냐, 나도 너하고 화해를 하고 한국을 떠날 수 있게 돼서 너무 좋아. 나중에 꼭 희정이랑 선우랑 같이 홉스골에 와."

연주가 주미의 어깨를 토닥거렸다.

"참, 연주야! 이거."

연주가 막 게이트 안으로 발을 옮기려는데 그제야 생각이 났다는 듯, 주미가 가방에서 주섬주섬 포장된 상자 하나를 꺼내 연주에게 건넸다.

"비행기 안에서 꺼내봐."

"고마워, 주미야. 그리고…… 내 몽골 이름은 게르마야. 너한테는 처음 말하는 거지?"

마치 비밀이라도 알려주는 것처럼 연주가 자신의 몽골 이름을 주미에게 가만가만 이야기했다. 이미 그 이름을 알고 있었던 희정이와 선우는 주미와 연주를 보고 마음이 푸근해지는 걸 느끼며 조용히 미소 지었다.

"진짜 간다. 안녕!"

연주가 발길을 돌렸다.

"잘 가라!"

"안녕!"

희정이와 선우가 손을 흔들었다.

"게르마, 잘 가."

주미가 처음으로 게르마라는 이름을 부르며 작별 인사를 했다. 연주는 더는 뒤돌아보지 않고 게이트 안쪽으로 걸어갔다. 돌아보면 눈물이 쏟아질 것 같았다. 그저 마음으로만 수없이 안녕이라고 몽골 말로 중얼거렸다.

'바이스떼 솔롱고스. 바이스떼.'

연주는 '무지개가 뜨는 곳'이라는 뜻으로 한국을 가리키는 몽골 말 '솔롱고스'를 입안에 되뇌었다. 그러자 그 말 그대로 창밖에 무지개가 뜨는 것 같은 느낌에 빠졌다.

비행기 안에서 게르마는 주미가 준 상자를 천천히 풀어보았다. 상자 속에는 '늘 너를 잊지 못할 거야. 고마워.'라는 작은 쪽지와 함께 MP3가 들어 있었다. 그건 주미가 잃어버렸다던 MP3였다.

게르마는 MP3를 꺼내 음악을 틀어보았다. 그러자 자기가 좋아하던 노래가 흘러나왔다.

바람이 불어오는 곳
그곳으로 가네
그대의 머릿결 같은
나무 아래로
덜컹이는 기차에 기대어
너에게 편지를 쓴다

게르마는 작은 창문 너머로 점점 멀어지는 한국 땅을 내려 다보았다. 게르마의 눈가에서 자기도 모르게 눈물이 천천히 흘러내렸다.

작가의 말

　내가 교직을 그만두고 내려와 사는 산골 마을의 초등학교에는 다문화가정 아이들이 여럿이다. 올해 입학한 학생 절반이 다문화가정 아이들이기도 하고, 어느 학년은 학생이 두 명뿐인데 그중 한 명이 다문화가정 아이라고 한다. 이제 농촌에서는 그만큼 다문화가정이 많아졌다.

　그렇다면 다문화가정이 소수가 아닌 지금쯤은 '다문화가정'이라는 말조차 없어져야 하지 않을까? '다문화가정 자녀'라는 명칭이 있는 한, 영원히 그 아이들은 본래 한국인과 구별되는 존재로 남아 있을 게 분명하다.

　오래전 한 인터넷 신문에 중국 국적의 조선족 동포에게도 우리 국적을 부여해주어야 한다는 글을 쓴 적이 있었다. 중국에 있는 대부분의 조선족은 식민지 시대, 이 땅에서 발 딛고 살 수 없어 조국을 떠났거나 혹은 독립 운동을 위해 자신을 희생하며 살아온 사람의 후손이니, 모국의 국적을 회복시켜주어야 한다는 요지였다. 그런데 그 글을 쓰고 나서 나는 많은 댓글들의 혹독한 비판을 받았다. 조선족은 중화사상에 찌든 중국인일 뿐이다, 돈만 아는 사람들이다, 그들에게 민족의식이라고는 눈곱만큼도 없다, 그런 그들을 옹호하는 당신은 세상 물정을 모르는 인간이다, 그런 비판이었다.

나는 그 댓글을 읽으면서 아직도 우리 사회에 국수주의적인 민족주의가 대세를 이루고 있는 것은 아닌가 하는 생각을 했다. 나만 잘났다는 의식은 필연적으로 배타적인 인식을 갖게 만들고, '나' 혹은 '내가 속한 우리'만 최고라는 그릇된 가치 판단을 낳는다.

나는 이 소설을 통해, 기성세대가 가진 배타적이고 자기중심적인 사고를 극복하는 아이들의 모습을 그리고 싶었다. 현실에 차별이 존재하고, 그런 차별이 반드시 극복되어야 할 과제라면, 미래의 주인공인 아이들이 주체가 될 수밖에 없다는 믿음이 있었기 때문이었다.

애초 이 소설을 구상할 때 나는 주인공 게르마가 강제 추방을 당하는 것으로 이야기를 끌어갈 작정이었다. 그러나 그런 결말이 비현실적일 것 같아 한 번 수정을 했다. 그런데 초고를 완성한 뒤, 실제로 외국인 노동자 부모를 따라 한국에 왔던 몽골 소년이 강제 추방되었고, 마지막 수정을 할 무렵 한국에서 태어난 네팔 노동자 부부의 아이가 또 추방되었다. 현실은 소설보다도 더 잔혹하고 냉정하다는 것을 새삼 깨달았다.

이 소설을 쓰는 동안 나는 30여 년 발붙였던 학교를 떠났다. 그러니 이 글은 내가 교사였던 시절과 교사가 아닌 시절이 겹쳐 있는 시기의 것이다. 마지막 교정을 보면서, 이제는 떠나온 교단과 그 아이들이 한없이 그리워졌다. 몸은 병들고 마음은 지쳐 떠나온 교단이지만. 그렇기에 더 그립고 아쉽다.

이 글의 일부는 몇 해 전 내가 근무했던 한 고등학교의 아이들과 함께 썼다. 내가 쓴 원고를 세심하게 읽고 요즘 세대의 말투나 생활과 다른 부분을 지적해주었던 그 아이들이 이 글의 또 다른 필자다. 특히 자신의 이름을 실명으로 쓰도록 허락해주기도 한 그 아이들, 희정이, 주미, 민지, 다솜이, 성은이를 기억한다. 또 소설 구상을 위한 취재에 기꺼이 응해주었던 몽골 소녀 게르마도 고맙다.

이 글을 쓰다 고개를 들어보니, 창 너머로 하얗게 피었던 팥배나무꽃이 후드득 지고 있었다. 매달린 꽃이 다 떨어질 때까지 지는 일을 잠시도 멈추지 않겠다는 듯, 나무는 작은 바람결에도 가지를 흔들고 있었다. 청춘이란 어쩌면 저렇게 한순간 피었다가 스러져버리는 봄꽃과 같은 것이 아닐까, 여기 나오

는 인물들도 그렇게 꽃 피고 지는 어느 순간을 지나온 것은 아
닐까 하는 생각이 문득 들었다. 청춘의 한순간을 치열하게 살
고 있는 아이들과 함께 이 이야기를 읽을 수 있다면 글쓴이로
서 더 큰 기쁨은 없겠다.

2013년, 보리소골에서

최성수